조흔파얄개걸작시리즈 6
얄개·세상무쌍 옹고집
조흔파 지음

동서문화사

일러스트 : 곽인종

머리글

　판소리 계열의 고전소설로서 부자와 가난한 사람의 이야기를 그린 소설입니다.
　우리의 고전에는 재미있는 내용들이 많은데, 특히 흥부전의 놀부나 여기 등장하는 옹고집 등은 부자이면서도 인색하여 부모형제, 이웃을 모르는 짐승 보다 못한 일을 예사로 해내고도 뉘우칠 줄 모릅니다.
　나만 잘 살면 된다는 악덕 부자를 골탕먹이는 취암사 학대사의 도술에 옹고집은 인간 세상을 구석구석 쫓겨 다니며 무진 고생 끝에 개과천선한다는 이야기입니다.
　우리들은 내가 아파보지 않고는 남의 아픔을 모릅니다.
　가난한 사람이 추위에 고생하는 모습을 보면서 동정할 줄도 알아야겠습니다. 남을 돕는 마음은 더더욱 기쁜일입니다. 고집은 좋은 일을 위해서는 훌륭합니다. 그러나 힘없고 가난한 사람을 울리는 고집은 털어 버려야겠습니다.
　방송으로 했던 것을 출판사의 요구에 따라 읽을거리로 만들어 보았습니다. 감사합니다.

조흔파

얄개·세상무쌍 옹고집
차례

머리글

취암사 가는 길 … 7
팔자에 없는 말을 타게 된 돌쇠 … 42
첫 나들이 … 50
네 마음 내 마음 … 61
악몽과 같은 하루 … 82
동지 팥죽 … 92
구출작전 … 122
두 번째 나들이 … 164
둘이 된 옹좌수 … 185
옹당촌의 이변 … 200
쓸쓸해지는 곱돌 … 242
소년 옹고집 … 281

취암사 가는 길

아랫목에서 다 늙으신 할머니가 괴로운듯 콜록 콜록 기침을 하시며 밭은 숨을 몰아쉬는 모양을 보면서 곱돌이가.
"할머니."
"곱돌이냐, 어서 들어온."
"네."
미닫이 문이 조심스럽게 열리더니,
"좀 어떠세요? 할머니."
"나야 밤낮 그렇지 뭐, 이 나이까지 살았으면 이제는 죽는 날을 기다리는 거 밖에 있어. 콜록콜록……."
"그러시면 되나요? 오래오래 사셔야지요."

"네 아범 말을 들어봐라 뭐라구 하나. 약값 든다구 의원두 안 부른다니 어서 죽으란 소리지 별거야?"

"아버지가 공연히 그러시는 거예요. 그냥 늘 하시는 말버릇인데요 뭐……."

"네가 아직두 몰라서 그런다. 네 아범 일이야 나 말구 누가 더 잘 알겠니? 어려서부터 짓궂구 심술사납구 동네에서 못된 짓이란 못된 짓은 도맡아 놓구 했느니라. 마을에 초상이 나면 문상할 생각은 않구서 상제들이 곡을 하는 데를 일부러 찾아가서 덩실덩실 춤을 안추나, 동네 집에 불이 나면 물긷는 일 거들기는 커녕 신이나서 부채질하기……도과나무처럼 뒤틀리고 수수 잎사귀 모양 비비 꼬인 성미라 남 잘 되는 일에 훼방놓기가 일쑤였다. 그런데 나이나 들면 좀 나아질까 했는데 지금도 저 모양이니, 내가 어서 죽어야 그 꼴을 안보지 살아 있어서는 아무래두……."

할머니는 몹시 괴로우신듯 기침을 하시면서 몸을 일으키려 하십니다.

"그래두 마음을 고쳐 자시는 날이 있으시겠죠 뭐."

"다 틀렸다. 철이 날때 쯤에는 망령이 들게 생겼어……."

"할머니 이거 잣죽이예요. 식기 전에 한술 떠 보셔요."

"너나 먹지 그런건 왜 갖구 왔니……."

콜록콜록 연거푸 기침을 하시면서도 기분은 아주 좋으셔서,

"기침을 자꾸만 하시는걸 보문 할머니 추우신가봐요."
"날씨가 이렇게 싸늘한데 불 안 땐 냉돌에 누웠노라면 병자 아닌 생사람이라두 기침이 나게 마련이지 별 수 있다든?"
"춘단이더러 아궁이에 장작을 좀 지피라구 하시지 그래요."
"말도 마라, 느 아범이 아는 날엔 불벼락이 떨어진다. 하기는 불벼락이라두 떨어지면 좀 따뜻해질는진 모르지만······."
어이없어 하시면서 헛웃음을 내뱉어 웃어보입니다.
"하니까 더더구나에요, 뜨거운 죽을 훌훌 마시면 속이 훈훈해질거니 좀 드셔요."
"오냐, 네 정성을 봐서 내 먹으마."
하시더니 콧마루가 시큰하신지 울먹이십니다.
"할머니 어서요."
할머니는 콧물 눈물 뒤범벅이 되시더니 목이 메이시는 모양입니다.
"그만 먹겠다."
"왜 그러세요? 얼마 남지두 않았는데."
"남은 거 너 먹으렴, 난 목이 메어서 죽물두 넘어가지가 않는구나."
"너무 서운해 하지 마시라니까요."
"나는 살아 있을 날이 얼마 없으니까 그런대루 참는다지만 앞으로 오랜 세월을 같이 지내야할 네 일을 생각하면 애처로워서……."

하시면서 서러워 훌쩍훌쩍 슬프게 우십니다.

"난 괜찮아요. 그런데 할머니 해숫병 기침엔 무우를 조청에 재인 국물을 마시는게 좋구 검정콩 삶은 물이나 도라지 뿌리가 잘 듣는대요. 색시 보구 만들어 오라구 할까요?"

"그 정성만두 고맙다. 그만둬라, 그런다구 나을 병이 아니야…… 그보다두 곱돌아, 네가 절에 들어가고 싶다구 했다며?"

"어떻게 벌써 아셔요? 누가 그러던가요?"

"춘단이가 들었노라구 하면서 걱정을 하길래 알아보려구 너를 오랬다."

"그럴 생각두 더러는 있어요."

"에그 가엾은 것이, 하지만 중이 되기두 쉬운 일이 아니야."

"알고 있어요."

"오죽하면 어린것이 그런 궁리까지를 할까, 하지만 그건 안 된다. 네가 삼대 독잔데 집안은 어떻게 되라구, 게다가 그렇게 되는 날엔 어멈하구 네 댁이 얼마나 가슴을 치겠니 그런 생각일랑은 아예 말구서, 마음 잡구 열심히 공부나 해라."

"서방님……."

"왜 그래, 춘단아."

"떰치 도련님이 오셨는데요."
"그래? 마침 잘 왔군. 작은 사랑에 안내하지 그러니."
"네."
"그럼 할머니, 만나보구 올게요."
"그래라, 하지만 내가 이른 말 명심해야 한다."
"네."

할머니의 기침소리가 한층 더 요란스러울때, 미닫이 문이 열리었습니다.

"떰치야, 기다렸지? 아주 알맞게 왔다. 그렇잖아두 널 좀 만날까 했는데."
"나두 네가 보구 싶었어, 마지막으로 만나구 가려구."
"정말 취암사루 떠나니?"
"음, 가지 않으면 별 수 있어?"
"가면 언제쯤 가게 돼?"
"내일 아침 일찍이."
"떰치야, 나두 갈 수 없을까?"
"뭐? 네가 왜 가니?"
"글쎄……나두 가구 싶어."
"글방에 다니기가 싫어졌구나."
"음, 그것두 있지만 또……."
"그만 안 들어두 알 것 같애, 하지만 넌 안된다."
"어째서? 왜 안된다는 거야?"

"고생이 여간 아니래, 입산을 한다구 곧 중이 되는게 아니거든. 여러가지 까다로운 절차를 거쳐서 적어도 석 달에서 일 년 동안은 마당 쓸구 변소 청소하구, 거름을 날라다가 채소를 가꾸구 장작을 패구, 또 밥짓는 공양주를 살든지 불 때는 불목하니 반찬 만드는 채공을 지내야 겨우 승적에 들게 된다는 거야, 알겠니?"
"물론 쉽지야 않겠지, 호강을 하려구 가자는건 아니니까."
"아무리 곱돌이가 가겠다구 한대두 아마 절에서 받아 주지 않을 걸."
"왜?"
"왜는 뻔하지 뭐니 만석꾼 집안의 외아들인데 누가 받아 준다든."
"만석꾼이두 말구 옛날엔 왕자님이나 공주님도 스님이 되지 않았니?"
"그래두 지금은 어려워. 첫째 네가 견디어내지 못한다. 거지모양 동냥을 다니면서 갖은 천대와 괄시를 다 받아야 하구……."
　그때 목탁치며 염불하는 소리가 들려왔습니다. 탁발스님의 구성진 염불소리에 귀를 기울이다가, 갑자기 곱돌이가 소리를 지릅니다.
"가만! 스님이 오셨다. 호랑이두 제 말을 하면 온다더니……."

"음, 스님이 분명해."
"거 웬놈이 남의 문전에 와서 시끄럽게 구노?"
"예, 화주승이 왔습니다. 이렇게 큰댁에서 시주좀 하시라구요."
"나중엔 별 소릴 다 들어보네. 큰집이라구 재물을 펑펑 쓰면 부자가 될까, 썩 물러가시오."
"저게 누구야?"
"누군 누구겠니, 우리 아버지지. 가만 있어, 더 들어보자."
"적선하시는 댁에는 반드시 경사가 있습니다. 돈이건 곡식이건, 하다못해 옷가지 몇 벌이라도 적선합쇼."

별꼴 다 보겠다는 듯이 이 큰집 주인 옹고집은 잔뜩 볼멘소리로,

"듣기 싫소. 벼가 쌓여 있다손 치더라도 절간 보태라고 노적을 헐며, 돈이 많다 해도 동냥 주자고 쇳돈을 헐며 옷가지를 내주려하나 너희들 입으라고 행랑채 하인들 헐벗기겠니? 잔소리 말고 썩 물러가지 않으면 다리 마댕이를 분지러 놓을 테니 그리 알렸다."
"큰댁에서 이거 정말 너무하시는군요."
"무엇이 어째? 돌쇠야 몽치야 깡쇠야, 냉큼 끌어내서 넙치가 되도록 늘씬하게 두들겨 패서 쫓아내라."

힘깨나 쓰는 장정 몇이서 탁발스님을 넙치가 되도록 두들겨서 떡치듯 매질했습니다.

"삼보를 저렇게 욕보이면 지옥에 가게 되는데……."
"얘, 떰치야 삼보가 뭐야?"
"부처님, 불경 스님이 삼보지. 너 나가서 좀 말리렴."
"소용없어 차라리 생각을 말자 떰치야. 나, 너 만나러 취암사에 놀러 가두 괜찮지?"
"상관 없구말구. 놀러만 온대면 대환영이다."
"서방님, 아씨 마님께서 미싯가루를 타다 드리래서 갖구 왔어요."
미닫이 문이 드르륵하며 열렸습니다.
"춘단아, 너 왜 내 애길 할머니한테 고자질하니?"
"에그머니나, 고자질한 거 없어요."
"거짓말 말어. 앞으로 또 그러면 가만두지 않는다."
"예."
"아버지는 지금 뭘하시니?"
"노마님이 부르셔서 뒷곁에 가 계셔요."
"할머니가?"
"네……."
할머니가 몹시 편치 않으신 것 같습니다. 숨을 헐떡거리시며 몸을 추스렸습니다.
"아범아, 이 몹쓸 사람아, 세상에 중 매질하는거 어디서 보았나, 안되네 그러면, 부처님 능멸하구 비방하면 장님이 되구 벙어리가 된대요, 쯧쯧쯧."

"어머닌 나중엔 별 참견을 다하시우. 걸핏하면 귀 밝은 체 하구, 내가 하는 일에 왜 나서시느냔 말이요. 보시오. 눈이 멀었나 입이 굳었나, 이렇게 멀쩡하지 않습니까?"

"잘하네, 잘하는 짓이야. 에그, 내가 어서 죽어야지."

아들 옹고집은 불손하게 미닫이 문을 사납게 열고 나가면서 뒤도 돌아보지 않고는 한다는 소리가,

"헹! 맘대루 하세요."

할머니께서 들으셨는지 못 들으셨는지, 멍하니 아들이 바람을 가르며 횡하니 나가는 뒷모양만 멀건히 쳐다볼 뿐 말이 없습니다.

한심스러워하는 어머님의 마음을 아랑곳 않는 아들 옹고집이 가엾기만한 어머님이십니다.

툇마루에 걸터 앉은 옹고집은 끙끙거리며 활을 만들면서 혼잣말로 중얼거립니다.

'내 이걸 가지구서…… 히히히 어디 견디어들 보래, 개구장이 녀석들'

이때, 대문께서 큰 기침 소리와 함께 문 여닫는 소리가 들립니다.

"이리 오너라, 이리 오너라, 옹좌수 있나? 고집이 집에 있어?"

"거 누구야?"

문이 화닥닥 열리면서,

"난 또 누구라구? 김별감이 웬일이지? 다 저물게."
"있었구면, 방 안에 불두 안켜놨기에 난 또 바깥 출입을 했나 했지."
"추운 날씨에 어딜 갈꼬? 어서 들어와."
"음, 그럼세."
미닫이 문을 닫고 마주 앉으며,
"뭘 하구 있었어?"
"음, 무엇 좀 만드느라구."
"캄캄한데서 연장을 쓰면 손 다치기 쉬워, 불을 좀 켜지 그래."
"그런 소리 쏙 빼, 불을 켜면 좋은 줄은 나두 알지만, 등잔의 기름이 줄구 초는 닳지 않는다던가. 손을 베면 그까짓거야 가만 나둬두 저절루 낫게 마련이지만, 한번 닳아버린 기름이나 양초는 없어졌다 하면 그걸루 끝이야."
"하하하 여전하군."
"나야 여전하지."
"그나저나 그 만든다는게 뭔가?"
"보면 몰라?"
"어두워서 보여야지."
"조금 있으면 눈이 어둠에 익숙해져서 보이게 돼."
"그때까지가 궁금해서 그러네."
"활일세, 활."

"활? 화살을 쏘는 활?"
"화살을 안 쏘면 뭐야, 몸둥이를 쏘는 활두 있나?"
"하하하, 그건 그래 활을 무엇하려구 만드나?"
"쏘려구."
"그야 쏘려구 만들겠지만……옳거니 알겠네. 꿩이나 토끼 사냥을 하려는구먼."
"아니야, 꿩대신 사람."
"뭐라구? 사람 사냥을 해?"
"음, 내 말 좀 들어보라구."
"어디 들어보세."
"내가 낮잠을 한참 잘래문 꼭 개가 짓는단 말이야. 개가 왜 짓겠나?"
"그야 살아 있다는 증거지 뭘."
"아니야, 개구장이 녀석들이 담장 울타리 밖에서 떠들어대니깐도루, 바둑이가 짓는단 말이야, 그거 어디 시끄러워서 견딜 수가 있어야지."
"그래서 개를 쏠 셈이로군."
"아니 개가 아니구, 개구장이들."
"애들을? 다치면 어쩌려구."
"그까짓거 내가 알게 뭐야, 혼줄을 단단히 빼줘야 다시는 얼씬두 못하지."
"아서아서, 애들을 활로 쏘다니 말만 들어도 소름이 끼치네."
 "그 정도로 겁이 나야 가까이 안오네."
 "자네 생각이 정 그렇다면 말리진 않겠네."
 "물론 듣지두 않어."
 "그런데 방이 왜 이렇게 추운가, 불이 잘 들지를 않나 보지?"
 "불은 잘 드는데 때질 않으니까 좀 시원한 거야."
 "어쩐지 춥다 했지, 엑취 엑취, 이거 감기 몸살 들리겠네, 나무를 좀 지피라 하게."
 몸을 부르르 떨더니 연거푸 재채기를 하면서 이집에 장작개비 다 동 났나 하고 앉았다 일어났다, 안절부절 못합니다.
 "난 견딜 만하네."
 "자네 때문에 그러는게 아니라 나를 위해서 하는 말일세, 하하하, 지독한 친구 다 보겠군. 더 있다가는 동태가 될까봐서 난 그만 가겠네."
 "붙들지 않어."
 "어두워서 신발을 찾아 신을 수가 있어야지, 성냥이나 부싯돌 좀 빌려주게."
 "그럴 필요 없어."
 엇 추워하며 미닫이 열고 김별감 나갑니다.
 "그 툇마루 끝에 몽둥이가 있으니, 그걸루다가 이마를 재끈 갈기면 눈에서 불이 반짝 날게야, 그 불빛에 신발을 찾아신으면 되지 않나. 이를테면 자가발전이지."
"하하하, 자네가 그렇게 나올 줄 알구서 내가 미리부터 아예 신발을 신은채 들어 갔더랬네."
"하하하, 그럴 줄 짐작하구 난 또 미리 보료를 뒤집어 깔고 있었는 걸."

곱돌이가 무언지 심각한 표정으로 골돌히 생각하다가 은근히 색시에게 타이르듯 치근한듯 다가가며 말을 건넵니다.
"색시는 내가 없어두 살 수 있지?"
"그게 무슨 말이야, 난 서방님이 없으면 잠시두 못 살아, 왜 갑자기 그런 말씀을 하세요."
"아니야, 아무것두."
"이상한데 말해 봐, 왜 그러지?"
"아무것두 아니래두, 어서 잠이나 들어 버리자."
"그런 말 듣구서야 졸려야 자지?"
"잠이 다 달아나 버렸는것두?"
"만일⋯⋯. 이건 만일의 경우인데 내가 없어지면 친정으루 갈 거야? 시집에 그냥 머무를 거야?"
"서방님이 돌아올 때까지 기다릴거야."
"영영 안 돌아온다면?"
"그때는 죽어버릴거야."
"그건 안돼, 할머니 봉양하구 어머니 아버지, 내 대신 잘 모셔 줘야지……."

"왜 정말 이러지 응, 말해봐 응? 어서."

"난 어쩌면 떰치를 찾아갔다가 취암사에 그냥 눌러 앉아 버릴까 해서."

"말두 안 돼 그건, 안 간다구 말해, 응? 안 간다구."

"가긴 갈 거야, 색시 혼자서만 알구 있어."

"싫어. 나두 서방님 따라서 절간으루 가구 말거야."

"하하하, 그건 안되지, 그야말루 절에 간 색시가 되게?"

"그러니까 집에서 그냥 살아 응."

괴로운듯 애처로운듯 어린 색시를 층층시하 어른들만 계신 곳에 남겨 놓고 떠나야하는 애끓는 곱돌이의 마음은 갈기갈기 찢기는것 같습니다. 사랑스런 아내와 주고 받는 대화 속에 더 자신을 숨길 수도 없어 건성으로 잠이든 양 코를 고는 시늉으로 얼버무릴 양입니다.

"어머나, 벌써 잠이 들었나봐, 에이 모르겠다. 그럼 나두 자야지……아—함."

남편의 마음을 아는지 모르는지, 철없는 아내는 긴 하품을 하더니 잠이 들어 버렸습니다. 이윽고 잠에서 깰 즈음 동이 트면서 닭이 우는 소리에 덜 깬 잠을 쫓느라 하품을 하며 기지개를 켭니다.

"아함, 잘 잤다. 여보……서방님……애개개 이이가 어딜 갔어, 뒷간에라두 갔나? 에그머니나 옷 보따리가 없어졌네……."
 이상한 생각이 들었는지 이내 춘단이를 크게 부릅니다.
"예……."
"서방님 못봤니? 나가시는 것 못봤어?"
"못 뵈었는데요."
"이거 큰일 났구나. 어머님, 어머님, 어머님……."

"뭐? 곱돌이가 행방불명이라구?"
"네, 며늘애 말이, 옷을 꾸려갖구 달아났다질 않우? 이걸 어떡하문 좋아요?"
"쉬, 떠들지 말어, 소문이 나면 창피해."
"소문이 무서워서 쉬쉬 덮어둘거요?"
"아따 누가 덮어둔댔나, 찾긴 찾아야 할 텐데 어딜 갔는지 짐작 되는 데가 없어?"
"간 밤에 제 댁더러 절에 들어가고 싶노라구 했대요."
"그럼 틀림 없군, 취암사에 가 있는게 분명해."
"애기 말두 그래요. 취암사에 땜치가 가 있으니 그리루 간다더라구요. 에그 이 일을 어쩌면 좋아."
"서두르지 말어."
"일이 서두르지 않게 생겼어야죠, 어쩌문 죽었는지두 몰라요."
"방정을 떨구 있네. 하인을 보내서 붙들어 오면 되잖아."

"그래두 안 온다면 어떡하죠?"
"안 온다면 꽁꽁 묶어서라두 끌구 오라지 뭐, 춘단아."
"예."
"깡쇠를 오래라."
"예."
"아이구 깡쇠는 안돼요. 그 고지식한게 정말루 오라를 지워서 끌고 오문 큰일이게요?"
"음, 그럼 몽치를 불러라."
"예."
"몽치두 못써요, 미련한 것이 싸움이라두 벌이면 그것두 큰일이요, 역시 나이 먹은 돌쇠가 제격이겠수."
"옳은 말이야. 돌쇠야, 돌쇠야."
"예……, 좌수 어른 불러 계시오니까."
"오냐, 너 냉큼 월출봉 취암사루 달려가서 서방님이 게 있거든 처음엔 좋은 말로 달래다가, 끝내 말을 안듣거든 잡아 앞세우고 오너라."
"냉큼 달려 가라시지만 월출봉이 예서 어디라구 그렇게 얼른 다녀올 수가 있나요. 그런데 도련님이……아니 서방님이 게 가서 계십니까?"
"그걸 나다러 물으면 어떡해? 네가 가서 알아봐야 알지."
"틀림이 없을 거 같으니 길 떠날 채비를 하구서 바삐 나서 보게."

"가라시니 가긴 하겠습니다만서두, 서방님 고집이 어떻다구, 안 온다구 버티는 날엔 큰일입니다요."

"이놈아, 고집이 고집이 하구서 내 이름을 함부루 부르지 말아라."

"앗! 죄송합니다요."

"여보, 지금 그런거 가릴 경황이 있어요? 어서 가래두."

"가며 오며 요기두 해야겠구, 탈것을 이용한다면 비용두 들게 마련인데 노숫 돈을 좀 주실 수는 없을는지요."

"돈? 낯판대기가 돈짝 같은 놈아, 두번 다시 그런 소릴 할 양이면 몽둥이 선물이다. 번개처럼 갔다 와!"

"예……씨—."

불만섞인 어투이지만 돌쇠는 하는 수 없이 나갑니다.

천신만고 끝에 먼발치서 목탁소리, 염불소리가 들리며 처마 끝에 풍경소리가 한층 더 구성져 보이는 절간 앞에 와 닿았습니다.

"곱돌이 초행인데두 먼길 잘 찾아왔어, 고생 많이 했지?"

"음, 이렇게 멀구 길이 험한 줄은 미처 몰랐다. 그래두 떰치 너를 만날 생각하나로 부지런히 걸었어."

"정말 잘 왔다. 그렇지만 좌수 어른이 용케 허락을 하셨구나."

"아버지가 허락을 하신게 아니라 아무 말두 않구서 그냥 도망 온거야!"

"뭐, 그럼 몰래 왔단 말이니?"

"음, 간다구 하면 보내 주시나?"

"보따리가 꽤 크구나."

"아주 집을 떠나는데 요만한 보따리도 안들고 나오면 어떡해."

"정말이냐?"

"그럴 작정이야, 너하구 같이 이 절에서 아주 살려구."

"여간 고생이 아닌데."

"고생은 각오했어. 그 보다두 이 절 주지 스님이 나를 받아 주실지 몰라, 그 점이 걱정이다."

"아마 어려울거야. 그것두 그거지만 집에서 어른들이 얼마나 걱정을 하시겠니."
"집 얘기는 하지두 마아, 깨끗이 잊어버리구 숫제 생각하구 싶지두 않어."
"그게 쉬울 줄 아니? 가난해서 고생하던 집이건만 난 아직두 집 생각만 하면 가슴이 미어져."
"돈이 많구 재물이나 풍족하면 뭘하니, 사람이란 남의 앞에 떳떳해야 맘 편히 살 수 있는 거야. 우리야 그게 어디 사람이 사는 꼴이니? 주인의 재산 앞에 기를 못펴구 모두 굽신거리지만, 그건 겉으로만 그러지 속으로는 어떻게 생각하는지 아니? 구두쇠 아버지에 대한 손가락질과 저주! 나까지 바늘방석에 앉은 것처럼 언제나 불안해. 늘 마음이 조마조마하거든. 그렇게 살기 보다는 차라리 고생은 되더라도 이 절에서 마음 편히 지내고 싶어."
"네 맘은 잘 알겠어, 하지만 네 탓이 아니잖아."
"물론이야, 하지만 부모의 허물이 자손에게 미치지 말란 법도 없잖아. 나는 이 절에 살면서 부처님 앞에 아버지 죄를 용서해 달라고 빌구, 또 마음을 고쳐서 착한 사람이 되게 해 달라구 기원을 올릴테야."
"그건 나두 찬성이다마는 아무래두 어려울 것만 같아서 걱정이다."
"그렇게두 중이 된다는게 어려운거니?"
"너는 좀……."

"내가 어때서? 언제나 네가 하던 말마따나 고생을 모르던 도련님이라서 안된다, 이 말이구나."

"그것두 있지만 그게 전부는 아니야."

"그럼 또 뭐가 있단 말인가?"

"알아듣도록 설명을 하자면……아무래두 정직하게 말해야겠다. 실상은……."

"말해봐."

"섭섭하게 여기지 말어, 내가 처음 여기 왔을때 주지 스님 말씀이……."

"어디 살던 누구라?"

"옹정 옹연의 옹진골 옹당촌에서 온 떰치라고 합니다."

"옹진골 옹당촌에서 왔다구? 그러면 거기에 사는 옹고집이라는 인간도 알고 있겠구나."

"알기만요 알다 뿐입니까, 그댁하구는 가까울 뿐 아니라 옹좌수 어른의 아들하구는 둘도 없는 친구였습니다."

"그래? 둘도 없는 친구였다고?"

"그렇습니다. 글방에 같이 다녔구 아침 저녁으로 자주 만나서 함께 놀았습니다."

"떰치라구 했지?"

"네."

"떰치야 너는 이 길루 곧장 집으로 돌아가거라. 이 절에선 너 같은 아이를 받아 들일 수가 없어."

"네? 어째섭니까, 연유를 들려 주십시오."

"말할 것두 들을 것두 없다. 네 양심에 물어보면 알 일인 걸 가지구서."

"모르겠습니다."

"모른다니 말해주마. 옹고집이라면 세상에 널리 소문이 난 고약한 인간이다. 그런 못된 자의 집 가까이서 살았다면 깊은 감화를 받았을리 없는데다가 더구나 그런 흉악한 자의 아들과 친구 사이였다니, 지내보지 않아도 너까지 고약한 아이일 것은 뻔하지 않느냐. 이 절에는 나이 어린 동승이 몇몇 있어서 절공부를 하고 있는데 너 같은 아이가 오는 날에는 저절로 나쁜 영향을 받게 돼. 그러니 너는 받을 수가 없어, 당장 돌아가거라."

"스님! 제 말을 잠깐만 들어 주십시오."

"에—에, 들을 거 없대두."

"아닙니다. 꼭 들어 주십시오, 이건 꼭 들어 주셔야합니다."

"그러면 간단히 말해보라."

"네, 과연 스님 말씀대로 옹좌수 아저씨는 행실이 좋지 않고 나쁜 일도 많이 합니다. 그러나 곱돌이라는 그 어른의 외아들은 마음씨 착하고 행실이 올바릅니다. 언제나 그 아버지의 고약한 행동을 못마땅히 여기면서 회개할 날을 기다리고 있습니다."

"생각해 보라, 아비의 행실이 그렇거든 자식이 올바를 리가 있느냐? 웃물이 맑아야 아랫물도 맑은 법이지."
"그렇지 않습니다. 곱돌이는 정말 아버지를 닮지 않았습니다. 그 애는 훌륭한 아입니다."
"거짓말이 아니냐? 네 말을 믿을 수가 없구나."
"정말입니다. 제 말을 믿어 주십시오."
"그럼 아들은 그렇다고 하자, 옹고집의 못된 짓거리는 너도 알고 있을테지?"
"네, 짐작은 합니다."
"어떤 짓을 하는지 어디 말해봐라."
"아무리 언짢은 분이라도 어른의 악평을 할 수가 있겠습니까, 더구나 친구의 아버님이신데요."
"음, 그러면 내가 물을테니 사실인지 아닌지만 일러라."
"예."
"옹고집은 80이 넘은 어머니가 병들어 누웠는데도 약 한첩 대접하는 일이 없다는데, 정녕 그러느냐?"
"그것까지는 알 수 없습니다."
"그러면, 옹고집이 부처님을 업신여기고 중을 보면 매질을 한다던데 이것도 모르느냐?"
"그건 압니다. 제 눈으로 직접 보았으니까요."
"음, 좀더 두고 보다가 끝내 뉘우치는 빛이 없으면 그때는 혼을 단단히 내줘야겠다. 너는 오늘부터 이 절에 있으면서 어떻게 되는가를 지켜봐라."

"아, 이러시질 않겠니?"
 한숨섞인 긴 숨을 몰아 쉬며 곱돌이는 너무나 한심한 듯한 표정이었습니다.
"아버지의 나쁜 소문이 이 멀리에까지 퍼져 있구나."
"그래, 발 없는 말이 천리를 간다더니, 정말 세상 소문처럼 빠른 건 없나봐."
"주지 스님이 우리 아버질 혼을 내준다고 하셨다며?"
"음—."
"그게 뭘까, 어떤 일일까?"
"알 수 없어. 아무튼 큰일은 큰일이다. 나중에 지내보니까 주지스님은 조화가 무궁하구 또 학대사라는 분이 계신데, 이 분의 도술이 굉장하다. 무슨 일이 벌어질는지 짐작하기 어려워."
"그러니까 한시 바삐 내가 중이 돼서 아버지의 죄를 대신 빌어야겠다는 거다."
"그게 어렵다니까. 네 친구라는 이유 만으루두 날 받지 않겠다는 판인데 너를 쉽게 맞아 주겠니?"
"흠! 오도가도 못하게."
"곱돌아, 나 갑자기 이런 생각을 했다."
"어떤 생각?"

"옹좌수 아저씨를 회개 시키기만 하면 그만 아니니?"
"그건 그래, 목적은 그것 뿐이야."
"그렇다면 말이다. 이런 방법을 써보면 어떨까?"
"어떤 방법인데? 빨리 말해라, 답답하다."
"음, 네가 중이 될게 아니라 집으루 돌아가서 아저씨가 보는 앞에서 일부러 못된 짓만해 보이는 거다. 아저씨의 행동이 무색할 정도루 네가 앞서가며 나쁜 장난만 골라서 하는 거야."
"우리 아버지 혼자서 하는 일만두 기가 막히는데 나까지 거들어서 일을 저지르면 어떻게 되라구. 부자간이 서로 합심 협력해서 죄를 짓는 폭이 되게?"
"이런 바보, 일부러 그러는 거래두, 그렇게 하는걸 아저씨가 보시구선 저절루 반성을 하게 되실거다."
"그게 잘 될까?"
"자신을 갖구 해봐."
"일부러 개구장이 심술첨지가 되란 말이지?"
"물론이야."
"만일 본색이 탄로나면?"
"그럴리 절대루 없어, 나는 입을 꼭 다물구 비밀을 지킬게."
"어쩌면 잘 될것 같기두 하다. 그게 아버지를 회개하도록 하는 길이라면 무언들 사양하겠니, 그런데 한 가지 걱정은 집에 돌아갈 일이다. 어쩐지 어색하구 쑥스러울 것 같은데."
"그것부터가 틀렸어. 배짱 있게 가는 거다. 가짜로 장난 도사가 되겠다는 판에 뭐가 어쨌다는거니?"
"알았다. 마음을 독하게 먹고 지금 당장부터 개구장이가 되겠다. 에잇."
얼떨결에 따귀를 얻어 맞은 떰치는 영문도 모르고 어벙벙해 하면서,
"엇? 왜 때려?"
"나는 개구쟁이니까."
"나한테까지 하는건 너무 심했다."
"연습이니까 하는 수 없어, 얏?"
연거푸 얻어 맞는 떰치는,
"아이쿠!"
"하하하, 에잇."
하는 수 없이 맞고 있습니다.
"엇!"
"하하하."
"하하하—."
웃음소리가 울리는 저 멀리서 약하게 바람소리를 타고 들려오는 말방울 소리, 말 몰이의 숨이 찬 목소리가 가쁘게 들려오고 있습니다.
"이랴 낄낄……."

나귀의 울음소리가 고요한 정적을 깨뜨리듯 바람을 가르며 울렸습니다.

"거기 가는 길손, 나좀 봅시다."

"나 말씀이요? 보아하니 스님 같은데 마침 잘 되었소이다. 말씀 좀 여쭤 보겠소이다."

"무슨 말인데요?"

"월출봉 취암사가 어디쯤 되는 가요?"

"소승이 주지로 있는 절이 취암사요, 예서 멀지 않아요."

"아, 주지 스님이시군요, 몰라 뵈었소이다."

"취암사를 찾아가시오?"

"그렇소이다."

"그건 좋은데 여기는 절문 안이외다. 말에서 내려서 걸어야 하는 법이요."

"죄송합니다. 몰라서 그랬군요, 음."

부끄러운듯이 얼른 말에서 뛰어내리는 돌쇠를 보고

"무슨 일로 절에는 가시오?"

"곱돌이 서방님이 와 계시지 않은가 해서요, 모셔가려구 온 길이외다."

"곱돌이…… 어디서 들은 이름 같긴 합니다마는."

"모르시는 걸 보문 혹시나…… 저 그러시면 떰치는 아시는지요? 떰치라는 소년이 와 있을 텐데요."

"떰치는 아오마는…… 어디서 오시는 손입니까?"

"옹진골 옹당촌에서 왔습니다."
"옹진골 옹당촌이라…… 그러면 옹고집을 아시겠구려."
"알다 뿐입니까, 바로 그 옹고집…… 아니, 옹좌수 어른 댁에 청지기로 있는 돌쇠란 사람이 바로 쇤네올시다."
"무엇이? 그러면 스님이 찾아가면 욕을 보이는 게 바로 그 대인가."
"천, 천만엣 말씀을…… 소인이야 그저 좌, 좌수 어른께서 시, 시키시는 대로만 거행할 뿐입지요."
"이제야 알겠소이다. 곱돌이란 것이 바로 옹고집의 아들이구려."
"그, 그렇습니다."
"그런 아이는 여기에 안 와 있소이다."
그때 에잇하는 기압소리와 함께 저 건너 편에서 돌을 던져서 떨어지는 소리에 화닥닥 놀라면서,
"아! 이게 어디서 날아오는 돌팔매오니까 하마터면 얻어맞을 뻔 했소이다."
"하하하, 여기를 보아, 돌쇠가 여기는 뭣하러 왔어?"
"앗! 서, 서방님."
"냉큼 그냥 돌아가면 모를까, 공연히 지체하면 경을 칠 줄 알아, 에잇!"
"아, 또 돌멩이가…… 스님, 저분이 곱돌이 서방님입니다. 저렇게 와 계신데 스님도 거짓말을 하십니까?"

"와 있는 줄을 소승도 몰랐소, 짐작했던대로 그 아비를 닮아서 아들도 심술이 대단하구려. 곱돌아, 그 장난 그만두지 못하느냐."

위험하다 못해 그 기세가 무섭기까지 했습니다. 따라서 그들이 스님에게까지 날라들것 같아 걱정입니다.

"스님께서는 비켜서십시오! 저런 건 혼을 내서 쫓아 버려야 합니다. 에잇."

날아온 돌이 타고 온 말의 정갱이에 맞혀서 비명소리가 메아리쳤습니다.

"아, 원 저런! 마음씨 착한 서방님이 어쩌다 저 모양이 되셨을까요? 알다가두 모를 일입니다요."

"떰치야, 내가 알지 못하는 사이에 옹고집의 아들같은 고약한 무리를 승방에 몰래 감추어 두는데가 어디 있느냐?"

"스님, 곱돌이는 고약한 아이가 아닙니다."

"아니기는 내 눈으로 똑똑이 보았는데두, 당장 돌려보내든지 아니면 너까지 함께 물러 가거라."

"날이 저물었는데 어떻게 가라고 하겠습니까, 내일 아침 일찍이 돌아가도록 하겠습니다."

"정녕?"

"틀림 없습니다."

"그 하인과 곱돌이는 지금 어디에 있느냐?"

"승방에 있습니다."

여러가지 생각이 오고 가는 방에서, 둘이는 나란히 누워 주고 받는 가운데 돌쇠는 애원하듯 사정하고 있습니다.

"서방님."

"응?"

"내일 아침엔 소인과 함께 돌아가 주시는 거지요."

"어디루?"

"어디는 어딥니까요? 댁으로 말씀입지요."

"애당초 그럴 작정이었는데, 아버지가 데릴러 보낸 것이 마음에 안들어."

"소인도 오고파서 온게 아닙니다요, 다만 좌수어른의 말씀이라 마지 못해 온 것 뿐이지요."

"그럼 돌쇠두 마음 내키지 않는걸 억지루 왔다 그 말이군."

"그렇습니다요."

"그렇다면 난 안가."

"안 가시구는 어쩌시게요?"

"돌쇠두 안 보낼거구."

"네?"

"나하구 같이 이 절에서 중이 되잔 말이야."

"원 당치 않은 말씀두, 쇤네에게는 처자가 있습니다요. 그걸 어찌하구 중이 됩니까요."

"그런 거야 내가 알게 뭐야?"

"소인은 그렇게 못합니다요."

"내가 만일 안 간다면?"
"소인은 꼭 모시고 갑니다요."
"굳이 안 간대두?"
"네, 좌수 어른 말씀이 꼭 모시고 오라는 분부셨으니까요, 말을 안 듣거든 오랏줄로 묶어 가지고라도 꼭 모시고 오라 하셨습니다요."
"그럼 돌쇠 생각으론 날 묶을 셈이야?"
"모시고 가는게 소인의 소임이니깝쇼."
"굳이 그렇게 할테야?"
"예."
"나는 돌쇠를 꼭 중으로 만들어 놓고야 말거야."
"그렇게 안됩니다요."
"어디 두고 보라구."
"예, 두구 봅시다요, 이 주지스님두 꼭 돌려 보낸다구 하셨으니깝쇼…… 아—함."
너무나 지치고 고단했던지 입이 찢어지게 하품을 연거푸 해댑니다. 옆에서 보기가 짜증이 날 지경입니다.
"아이 시끄러워."
"노독이 났나 식곤증이 생겼나 왜 이렇게 졸린담."
"졸리면 자면 되잖아?"
"안 잡니다. 소인이 잠든 뒤에 달아나시기 좋으라구요?"
"난 안 달아나. 네가 뭐가 무서워 달아나?"

"그건 그렇습니다만서두 아무튼지 각오는 단단히 해주십시오."

"돌쇠두 각오를 해두는게 좋겠어."

"그나저나 떰치는 왜 안돌아오지요? 아―함, 아! 졸려."

옆방에서는 떰치와 주지스님이 무슨 말을 하는지 두런두런 밤이 깊어가는 줄을 모릅니다.

"떰치야, 알았느냐?"

"네, 스님."

"내 다시 한번 말해 두거니와 내일 아침 첫새벽에, 동이 트기가 무섭게 모두 다 쫓아 보내야 하는거다. 알았지?"

"만일, 여기에 폐단이 있으면 이번에는 너까지두 절에 못 있을테니 그리 알어."

"알겠습니다."

"그러면 물러가서 푹 쉬어라."

"스님도 편히 주무십시오."

어느새 약속이나 한듯 잠에 골아 떨어졌습니다. 이리저리 뒹굴뒹굴 하다가 동이 환히 트기 시작하더니 닭 우는 소리, 멀리서는 소 우는 소리까지 새벽공기를 가르며 은은히 들려옵니다.

"으―잘잤다. 서방님…… 서방님…… 어? 이게 어찌된 노릇이야? 서방님이 어딜 갔어? 서방니임."

허겁 지겁 돌쇠가 야단입니다. 조금 전까지 옆에서 뒹굴던 서방님이 간 곳이 없습니다. 딴은 큰일 났습니다. 그런데 옆방에서 잠이 덜 깬 떰치가 시끄러운지 혀를 차면서 돌쇠 아저씨를 향해서 짜증섞인 목소리로,

"아—시끄럽다. 왜 그래요? 돌쇠 아저씨."

"왜 그러다니, 떰치야, 너 우리 서방님 어디 간지 모르니?"

"알게 뭐예요? 남 자던 사람 깨워 가지구."

"벌떡 일어나라, 어? 짐두 없네. 가지구 달아났나봐. 이거 큰일이다. 이거 큰일이야."

모두가 낭패라는 듯이 놀래서 어쩔 줄 모릅니다. 그런데 갑자기,

"어? 하하하…… 하하하……."

"너 별안간 실성을 했니? 웃긴 왜 웃어?"

떰치는 계속해서 웃음을 참을 수가 없는지 연거푸 자꾸만 웃습니다.

"하하하."

"아따 왜 웃는거야 정말, 남은 걱정이 태산 같은데."

그래도 무엇이 그리도 우스운지,

"아저씨, 곱돌이 찾을 생각말구 몸에 붙어 있던거 달아난 거나 빨리 찾아요."

"몸에 붙어있던 거?"

"네, 하하하, 상투가 없어졌지 않아요? 하하하."

"아! 아—, 내 상투, 이게 어딜갔어 아이구……."

울기 직전입니다. 그런데 화가 잔뜩 난 주지스님이,
"떰치야, 이놈 떰치야……."
"어? 주지 스님이 왜 역정을 내실까, 이른 새벽에 네."
 화가 나기도 하고 짜증도 나서 괜히 큰소리로 유난스레 대답했습니다.
"이, 이게 누가 한 짓이냐, 내 머리 꼭대기에 더러운 상투가 와서 달려 있으니."
"네?"
"세상에 구하기 힘든게 중의 상투란 말도 있다만, 내 머리에 상투가 웬말이냐, 이게 누구의 장난이야?"

 동산에서 예쁜 새 울음 소리가 새벽의 맑고 깨끗한 공기를 가르며 아름다운 소리로 울려퍼집니다.
"떰치야."
"네."
"우리 서방님을 끝내 찾지 못하는 날엔 어떡하지?"
"왜 못 찾겠어요? 어디 있겠지요."
"그나저나, 상투 없는 머리카락이 자꾸만 흘러내려서 눈을 가리우니 앞이 보여야 뭘 해보지."
"그 허리에 찬 수건으루 머리를 질끈 동여 매셔요."
"음, 그렇게라두 해야 할까 보다. 음……음…… 이제는 됐다. 한결 가뜬해 졌는걸, 어? 서방님이 저기 계시다."

취암사 가는 길 39

"어디요?"

"저길 봐봐, 말 등에 안장을 얹고 있네. 타구서 달아날 요량인 모양이야, 소리 지르지마라 살금살금가야 한다."

말 울음소리가 간간히 원망스러울 지경으로 들립니다.

"오냐 오냐, 착하지 미물의 짐승이라두 주인을 알아보는구나, 자……이렇게……말 잔등과 안장 사이에 돌멩이를 끼워 놓구…… 자, 됐나. 이제 누가 너를 타면 잔등이 찔릴 거다. 그러면 따끔하고 아플테지. 그 때는 뒷발로 걷어차면서 궁둥이를 번쩍 쳐드는거다. 알았지?"

또 나귀 울음소리가 들립니다.

"하하하, 알아 들었다는 대답이냐 옳지 옳지 됐어."

"서방님……."

멀리서 서방니임……하는 울림이 마음 속을 뒤흔들어 놓습니다.

"오! 돌쇠."

숨가쁘게 헐떡이며 달려오는 소리.

"서방님……여기 계셨군요, 서방님의 짓이지요? 소인의 상투를 잘라다가 주지스님 정수리에 붙여 놓은 것이."

"난 도무지 모르는 일이야."

"그 착하고 얌전하시던 서방님이 이게 대관절 어찌된 일입니까요. 그건 그렇고 어서 집으로 돌아가십시다. 말 등에 오르시오."

"가긴 가겠지만 말은 돌쇠가 타야해. 내가 경마를 잡을 것이니."

"원 벼락을 맞습지, 서방님이 타셔야 합니다."

"돌쇠가 말을 안 타면 난 안갈거야."

"원 이런 변이……그러면 탑니다요."

끙 힘을 주며 말을 타자 마자 나가떨어지는 소리가 요란스럽습니다.

"음? 아이구구구, 아이구 허리야. 아이구 다리야……."

"하하하……."

팔자에 없는 말을 타게 된 돌쇠

 동네어귀에서 개 짖는 소리가 요란스럽습니다. 춘단이 호들갑을 떨면서 아씨 마님을 불러댑니다.
 "아씨 마님, 아씨 마님……"
 "왜 그러니, 춘단아."
 "이리 좀 나와 보시와요. 서방님이 돌아오시나봐요."
 "뭐? 나으리께서?"
 "예, 저기 저, 고개 마루턱을 보셔요. 말을 탄게 돌쇠이고, 고삐를 잡고 앞선 분이 서방님이 분명해요."
 어쩔줄 몰라하는 아씨 마님은 너무나 좋아서 얼굴 전체로 화색이 넘쳐 흐릅니다.

"참! 딴은 좀 이상하다. 하지만 빨리 어머님께 알려드려야겠다."

"마님께선 큰사랑에 나가 계신걸요."

이때 큰사랑에선 시아버지 옹고집이 허공을 향해 활을 연신 쏘아 댑니다.

"여보, 허공에 대구서 자꾸 활만 쏘아 대지 말구 내 얘기 좀 들어 보시우."

"흥! 이게 허공을 향해서 쏘구 있는 걸루 보여?"

"그럼 아니우? 허다 못해 참새 사냥이라두 하면 모를까 그냥 쏘는 건 화살이 아깝지두 않으시우?"

"그냥 쏘다니 모르면 잠자쿠나 있어. 내가 쏘는 건…… 에잇…… 아, 명중했다. 어때 내 솜씨가."

하며 허공을 향해 활을 쏘아대자.

"아이구 원 세상에, 무슨 심정으루다 남의 집 초가지붕에 열린 박을 쏘는 데가 어디 있수."

"여기 있지 어디 있어? 하하하 화살이야 나중에 가서 지붕에 박힌 걸 도루 찾아오면 되구."

"그만두시우, 저건 운치도 좋고 볼품있으라구 그냥 둔 게 아니라 잘 영글은 것만 남겨서 찬 서리에 굳기를 기다리는 거요."

"그걸 누가 모르나?"

"아신다면서 왜 그래요? 당신의 그 심보는 알다가도 모르겠네요."

"그래두 난 알어. 이유가 네 가지 있지. 첫째는 모처럼 만들어둔 활을 써 먹자는 거구, 둘째는 애녀석들이 집앞에 와서 떠들어댄……."

"요새는 얼씬 않지 않아요?"

"활에 맞을까봐 겁이 나서 못오는 게지"

"그럼 됐지 않우."

"되긴 뭐가 돼. 전에 내가 당했으니까 그 보복을 해야 할게 아니야?"

"그 보복으루 박을 쏜다시는거유?"

"물론이야…… 그리고 셋째는 팔 운동 삼아서 쏘는 거요. 아무리 운동이라지만 목표가 없구서야 재미가 있나? 끝으루는, 또 따분하구 오기가 나서 심심 파적으루 하는 거지."

옹고집은 시무룩해 하더니 심심해서 못 견디겠는 모양입니다. 어린아이들이 몸부림 치는 것 같은 맘인것 같습니다.

"어째서 따분하구 오기가 나시우."

"그걸 몰라? 집을 나간 곱돌이 일이 걱정이 돼서……."

"이제야 실토를 하시는구려. 걱정이 되긴 되나보구려. 집에 있을땐 그렇게나 미워하시더니만."

"미워했다기보다 싫어한 거지."

"그게 그거지 뭐유. 미우니까 싫은 거구 싫으니까 미운거 아니우? 밤낮 마찬가지지 뭐유?"

"왜 마찬가지래? 영 딴판이야. 제 아무리 삼대 독자루 태어났다지만 사내면 사내다워야 할 게 아니야? 남자면 싸움두 하구 장난두 할만치 씩씩해야 해."

"당신 모양으로 말씀이우? 그 애는 날 닮아서 얌전한 거요. 당신을 닮았다면 불한당 화적 떼 두목이 되게요?"

"차라리 그렇게 되더라두 남자는 좀 짓궂은 편이 나아. 여자를 닮았으니까 애늙은이 모양 일찌감치 철이 다 나버렸거든. 난 그게 싫어."

"얌전해서 싫어요?"

"싫어! 큰사고를 저지르는 한이 있어두 씩씩했으면 좋겠어."

"파락호 개 망나니가 되더라두요?"

"차라리 그 편이 낫지 에잇…… 또 맞았다."

"그러다 만일 사람이 맞으면 어쩌시려우?"

"맞으면 맞지 내가 알게뭐야. 남 활 쏘는 자리에 와 있으랬나 누가…… 에잇!…… 음……!"

거추장스럽다는 듯이 짜증섞인 표정이되더니 이내 머리를 흔들고는 아무렇지도 않다는 듯이 하던 일을 계속하는 것입니다.

"마니임—, 서방님이 돌아오셔요."

"뭐?…… 어디……."

"돌담 밖을 보시와요. 저 느티나무 아래를요."

"에그머니나 기어코 무사히 오는구나. 그런데 웬일이냐. 말을 탄게 돌쇠구 경마를 잡은게 서방님이니…… 여보……."

"에잇."

"아니 여보, 당신이 노리는 게 누구요. 겨냥하는 데가 어디요. 돌아오는 아들을 쏘는 법이 어디 있어요?"

"곱돌이를 노리는게 아니라 목표는 돌쇠 녀석의 상투야. 그런데 머리를 수건으로 동여매구 있어서 상투가 보여야지. 그래서 이맛박을 겨냥하는 거야."

"당신이 태조대왕 이성계요? 활로 아들의 하인을 쏘아대게."

"아들이 하인인지, 하인이 아들인지 꺼꾸루 됐어. 저런 발칙 무엄한 놈은 쏘아두 무방하지 에잇."

또 쏘아 댑니다. 이번에는 저 쪽에서 사람 살리라는 소리가 메아리쳐 은은하지만 처절하기까지 합니다."

"앗! 사, 사람 살려…… 다녀 왔습니다. 마님."

"다리는 왜 절뚝거리느냐?"

"서방님이 장난을 치셔서 말등에서 굴러 떨어졌습니다요. 그 서술에 그만 다리를 다쳐서……."

아들이 아니라는데서 심술쟁이 옹고집은 다행인듯 만족해 하면서 두리번거리더니 다시 벌떡 화를 내면서,

"뭐? 곱돌이가 장난을 쳐? 하하하 그것이 제법! ……하지만 이놈 돌쇠야, 아무리 어마지두에라두 내 앞에서 머리 수건을 쓰구 있어? 냉큼 벗지 못할까?"

"여기엔 까닭이 있습니다요. 서방님이 쇤네의 상투를 잘라 버려서 맨골 바람입니다요."

"곱돌이가 상투를 잘랐다구? 하하하 얼씨구! 그게 제법 장난을 다 해?"

"곱돌아 너 어딜 갔다 왔니?"

"할머니의 묏자리 보아두려구 산을 찾아 헤매다 왔어요."

"뭐라구?"

"묏자리 모르세요? 할머니가 세상 떠나면 내다 묻을 산소 자리 말이에요."

"원 애두 못하는 말이 없구나. 별 방정스런 소릴 다 들어 보겠네. 할머님께서 네 일 때문에 여간 걱정을 하구 계시질 않는다. 어서 들어가서 인사 여쭈어라."

"할머니가 아직도 살아 계셔요?"

어이 없어서 어쩔 줄 모르시는 어머님께서 나무라듯이,

"애야, 너 말이면 다 하니?"

"아버지 활을 쏘구 계셨군요."

"음! 솜씨도 익힐겸 저 지붕의 박을 노리는 거다."

"박이나 쏴서야 재미가 있나요? 이왕 재미루 쏠 양이면 불화살을 쏘세요. 불화살을."

"불화살? 좋지."

"하늘이 무섭지 않으시우? 부자분이 죽이 맞아서 잘 하는 짓이우 잘하는 짓이야. 곱돌아 들어가서 할머님을 뵙구

나오래두."
"네."
일각대문이 삐—꺽 하고 열리더니,
"여보게, 대관절 서방님이 어찌된거야. 마치 실성한 사람 같으니."
"네, 전하구는 아주 딴판이 되셨어요."
"무슨 까닭이지? 귀신 도깨비가 붙기라두 했다는건가?"
"영문을 알 수 없지만 다른 사람이 된 것만 같아요."
"도대체 서방님을 어디서 만났어?"
"역시 취암사에 가 계시더군입쇼, 월출봉에서 집에까지 오는 사이에두 어찌나 못된 짓을 골라가면서 하시는지……."
"하하하 됐어됐어. 그러구는?"
"우는 아이 입에 진간장을 부어 넣기, 안질 난 눈에 고추가루 뿌려 주기와……."
"하하하 제법이야 다음은?"
"오솔길에 허벙다리를 만들어서 노인 어른 떨어뜨리기, 자배기 항아리 등짐 장사가 잠깐 쉬느라고 지게를 벗어서 버티어 놓은 작대기를 걷어 차기에다가……."
"얼씨구, 이제야 놈이 사람이 돼가."
"사람이 돼 간다구요? 이거 집안에 망쪼 났수, 아무래두 무슨 몹쓸 놈의 살이 끼어 들었지, 그 얌전하던 애가 갑자기 그렇게 될 수가 있어요?"

"마누라는 모르면 가만히나 있어. 이제부터 우리 집안에 운이 트이려는 거야. 그런데 돌쇠 상투는 왜 잘렸나?"

"그걸 누가 압니까요. 아무튼지 소인의 상투를 베어다가 취암사 주지스님의 대머리 꼭대기에다 풀칠을 해서 붙여 놓았지 뭡니까."

"그것 참 잘하는 짓이야 아! 신난다."

"무척 신두 나시겠수. 에그 원, 이 일을 어쩌면 좋아."

첫 나들이

"할머니."
"오냐."
"센머리카락 좀 뽑아 드려요?"
"다 늙고 병든 내가 센머리는 빼서 뭘 하게."
"그래두요. 흰머리를 다 뽑으면 20년은 더 젊어 보일거예요. 그렇게 되믄 병환두 낫게 될지 모르구요."
"그래라 그럼 부탁한다."
"그러면 돌아 누우세요. 자 시작합니다. 하나."
"아이쿠 살살해라."
"네……, 둘……."

"아이쿠."
"셋."
"아이쿠……."
하시더니 깜짝 놀래시고 아까운듯이 뽑아 놓은 머릿카락을 가리키시면서,
"아니 곱돌아."
"왜 그러세요 할머니."
"내가 흰머리 뽑으랬지 언제 검은 머리를 빼라구 했니, 아이구 원 세상에, 검정머리를 한줌이나 빼놨구나."
기가 차 하시는 할머니를 능청스럽게 달래기라도 하듯이 딴 청을 하면서,
"방안이 캄캄하니까 잘 보이지가 않아서 그랬어요. 이번엔 조심해서 센머리만 뽑을 게요."
"고만둬라 가뜩이나 엉성한데, 흰머리 검은 머리 차례루 빼면 대머리 될라."
"걱정 마세요. 돌쇠의 상투 잘라둔 거 붙여 드릴 게요."
"싫다."
"그럼 어깨나 좀 주물러 드려요?"
"그것두 그만둘란다."
"사양 마세요. 자요, 시원하지요?"
"아이구구 으스러질 것 같이 아프구나."
"그럼 두드릴 게요."

잔뜩 힘을 주며 우둔하게 안마하는 소리가 나기 시작하자마자.

"아, 아이구…… 하이쿠!"

민망해 어쩔줄 모르다가 문득 무슨 생각이 났는지 곱돌이는,

"돌쇠."

"왜 그러서요, 서방님."

"시장하지 않어?"

"왜 시장하지 않겠소? 가난뱅이 배부를 때가 없지요."

"나두 배가 고파."

"서방님이야 춘단이를 불러서 뭣좀 가져오라구 하문 될거 아닙니까요."

"보통 음식은 싫증이 났어, 돌쇠 가서 낚싯대 갖구 와."

"알겠습니다. 시냇가나 연못으로 가서 싱싱한 고기를 낚으시려구요."

"아니야. 낚시질이라두 물가에서 하는 게 아니라 난 육지에서 해."

"산에 가서 물고기를 찾는다더니 서방님이 바로 그 꼴 났소."

"모르는 소리, 바다에 사는 물고기만 고긴가, 육지에 사는 물고기를 잡는 거야 물고기, 육지에서 걸어 다니는 고기."

"그런 고기가 있습니까."

"있구 말구 저걸 봐."

푸드득하더니 꼬꼬댁거리는 암탉소리가 들려옵니다.

"울타리 밖 옆집 닭을 잡으려는 거야."

"그렇게 하면 말썽 납니다요. 괜히시리."

"누가 알게 잡나? 살금살금."

"물고기라면 끽 소리두 못하지만 닭은 좀 다를거요. 꼬꼬댁거릴겁니다."

"때려서 잡는다면 소리라두 지르겠지만, 낚시 바늘에 걸리면 꼼짝 못하구 졸졸 끌려오게 마련이야. 내 말 못 믿겠으면 한번 시험해 봐."

"아무래두 마음이 켕기는 걸요, 고만 두겠습니다."

"싫으면 말아. 하지만 백탄 숯불에 간장을 부어 가지구 바글바글 끓여서 국물이 자작자작하니 졸아 들었을때, 식기 전에 후후 불며 짭짭 먹으면…… 아 맛이 있다."

먹는 애기가 나오니까 군침이 저절로 입안에 가득히 고여서 꿀꺽 삼켜집니다.

"서, 서방님, 못 견디겠소."

"그러니까 가서 낚싯대를 가져오래두."

"네 네 그래야죠."

연신 입맛을 다시며 잠자던 식욕이 발동하기 시작했습니다.

"빨리 하라니까."

첫 나들이

"서방님, 여기 있습니다."
"음 수고했어, 내가 하는걸 봐. 낚시에 먹이를 끼어 가지구 이렇게 훅 던지는 거야."
 잔뜩 몸을 굽혀 낚시를 던졌습니다. 갑자기 암탉 울음 소리가 요란스럽습니다.
"아, 벌써 물었다. 이렇게 살살 끌어 당기면 술술 따라오지? 자, 내 말이 어때?"
"참 신통두 합니다요."
"가까이 오면 냉큼 잡아서 목을 비트는거야 알았지?"
"네…… 요놈아 음."
 닭 목을 비트는데 힘도 들지 않고 눈하나 까딱하지 않습니다. 그런데 또 낚시대를 던지고 있습니다. 큰일 난 것 같습니다. 한놈 잡더니 이골이 텃는지 연신해댑니다.
"또 걸렸다. 두 마리."
"요놈두…… 그런데 서방님 몇 마리나 잡을 채비시오?"
"있는대루 몽땅."
"그건 안돼요. 들통 나기 쉬우니까요."
"그런가, 그렇다면…… 옳지 좋은 수가 있다. 그럼 닭보다 큰 것을 노리자."
"닭보다 큰것이라뇨?"
"소는 너무 크구 개가 적당해. 돌쇠 개고기 좋아하지?"
"먹는 음식이래문 싫어하는거 없어요."

"커다란 가마솥에 개 한마리를 통채루 넣구 부글부글 고아서, 허연 파를 넉넉히 넣구 고추가루 양념을 해서 얼큰하게 한그릇 먹었으면—."

"어, 맛이 좋겠네."

돌쇠는 군침이 도는지 입맛을 쩝쩝 다시면서 더는 못 참겠다는 듯이 설치기 시작합니다.

"서방님. 나, 못 참습니다요."

"그럼 몰래 큰사랑에 들어가서 아버지의 활을 훔쳐 내 와."

"들키는 날엔 큰일 나게요?"

"안 들켜. 아버지가 지금 낮잠을 주무시구 계시니까."

"들켜두 난 책임 안 집니다요."

"알았대두, 어서 가져오기나 해."

재촉이 성화같으니 안하고는 못배기게 생겼습니다. 돌쇠는 숨이 가쁘게 달려갔다 왔습니다. 그러고는 헐레벌떡 숨을 몰아쉬며 말했습니다.

"서방님 가져왔어요."

"아 이거면 됐어. 음, 이제 뉘집 개든지 나타나기만 보래. 한대에 쏘아 맞힐 테니."

"쉽지는 않을 걸요, 활이 그렇게 마음대루 맞는 건 줄 압니까요."

"돌쇠는 아직 내 기술을 몰라서 그래. 시험 삼아서 한 번 쏠테니 보겠어?"

"무엇을 쏘게요?"

"마침 저기에 물동이를 이고 오는 아낙네가 있지? 저 물동이를 쏘아 맞힐테니 봐."

"고만두는 게 좋을 거요, 그러다가 아낙네 눈에 맞으면 어떡허시려구요?"

"자신 있어. 활 이리 줘봐."

"옛소, 만약에 빗나가 사람을 쏘아도 전 모릅니다."

"모르긴, 만약 그렇게 되면 돌쇠가 쏜거라구 내가 동네 방네 소문을 퍼트리구 다닐건데두."

"아, 이거 큰일났네."

"그러니까 잠자쿠 보기만 해. 활시위를 이렇게 양껏 당겨 가지구서 하나……둘……셋."

딱 맞히더니 물동이 깨지는 소리와 함께 물벼락을 맞은 아낙네가 기겁을 하고 소리를 지르며 자지러집니다.

"애개개? 이게 웬일이야, 앗 차거워."

"하하하 봤지? 저 아낙네 물벼락을 맞구서 물에 빠진 생쥐 꼴이 됐는걸, 하하하."

여자 셋이 모이면 접시가 깨진다는데 우물가에서 빨래하며 시어머니 흉보는 여자, 동네 아낙 씨앗본 이야기, 물동이에 두레박 물 붓는 여인들의 소리에 마치 장터 같은 곳이 바로 여깁니다.

"소문들었어?"

"무슨 소문?"

"무슨 소문은…… 옹좌수네 개구장이 아들 녀석 소문 말이지."

"참, 그게 본색을 드러낸다면서?"

"음? 얌전하기루 알려졌던 것이 어쩌문 그렇게 제 아범을 닮아갈까."

"핏줄기야 어디 가나, 씨는 못속여, 그 아비에 그 자식이지……."

"무슨 일이 또 있었대?"

"있어두 이만저만 있어? 아 글쎄, 분이 엄마 물동이 이고 가는 걸 활루 쏴서 박살을 내 놨다는 거야."

"저런 물볼기 맞는 꼴이 됐겠군."

"그 까짓건 오히려 약과야. 사람 다치기 똑 알맞지, 이제는 물길어 먹는 것두 목숨을 걸어놓구서 결사적으루 해야할 판일세."

"누가 아니래."

"나두 들었어. 글쎄 애기 밴 여자의 배를 걷어차질 않나, 치통이 나서 이빨 앓는 사람의 뺨을 치질 않나."

"그걸 가지구 뭘 그래, 제사 모시는 집에 수탉을 안구 찾아다니면서 닭을 울리지? 겨우 잠들여 놓은 아이 꼬집어서 깨우지? 에그, 말을 다 하자면 끝이 없어."

"하늘두 무심하지. 그런거 날벼락을 치지 못하구서."

첫 나들이 57

"정말 그래, 호랑이는 산속 깊이나 사니까 못 온다지만 사람 사는 동네에 있다는 귀신은 뭘하구 있다누, 그런거 냉큼 잡아가지 못하니 원."

"말두 말어, 귀신이 맥을 추나? 곱돌이 녀석, 그놈이 바루 귀신인걸."

"아이구 답답해라. 내가 그저 남자루 태어났으면 죽기 살기루 한번 덤벼서 사생 결단을 내놓구 보는 건데. 이 동네 사내들은 사내가 아니라구."

"관가에 솟장을 올려서 잡아가게 하는 길두 있으련만 그것두 못하는 주제들인데 뭘."

"에그 답답해라, 그저 이 빨래 방망이루다가……."

젖 먹던 힘까지 다 내서 곱돌이 내패듯 두드려대는 방망이 소리가 요란하게 울려 옵니다.

그런데 이댁 며느리가 서방님과 도란도란 심각한 표정이 되어 잠자리에 나란히 앉아 나직히 은근하게 이야기를 꺼낼려고 합니다."

"서방님."

"나 친정으루 돌아갈까봐."

"왜?"

"돌아가는게 아니라 달아나는거지."

"돌아가든지 달아나든지, 왜 가야하는지를 말해봐."

"말하나 마나 뻔하지 뭐, 이 집에 더 있으면서 자기하구

살다가는 제 명까지 버티질 못할것 같아서 그러는 거야."

"그러니까 연유를 말해 보라지 않어?"

"몰라서 물어? 여자 악담에는 오뉴월에도 서리가 내린다던데, 동네 아낙들이 자기를 뭐라는지 알어? 옹가네 집안을 깨강정 빻듯이 가루를 내놔두 시원치 않겠다는 거야, 그런 말을 듣구두 무사할까?"

"그건 색시가 몰라서 그래."

"모르긴 뭘 몰라, 전에는 그렇지 않던 자기가 한번 집을 나갔다 와서 부터는 사람이 왜 그렇게 홱 변했지? 아버님은 천성이 그러시니까 할 수 없다지만, 자기는 어쩌자구 날이 갈수록 더 못된 짓거리만 늘어 가는지 모르겠어."

"색시에게만 살짝 귀뜸해 줄까?"

"무슨 귀뜸? 들을 거 없어."

"들어 줘……그건 말이야 내가 일부러 그러는 거야."

"일부러? 그렇다면 더 나빠, 뻔히 나쁜줄 알면서 나쁜짓하는거 진짜 악질이라구."

"휘유, 색시두 내 본심을 모르는군. 사람들을 괴롭히는 일이 나두 마음이 아프지만, 아버지를 개과천선하게 하려구 애를 쓰는 거지. 내 행실을 보신 아버지가 반성을 하구 회개를 하신다면 조옴 좋겠어? 그래서 미친 시늉을 하는 거니까 괴롭더라도 마을 사람들이 참아주면 좋겠어."

"정말 그렇다면 앞으로 언제까지 그럴 거야?"

"아버지가 행실을 고치시는 그날까지."
"그럼 아직 당분간 계속할 작정이군."
"그래 나두 안타까워 아버지 행실만 고쳐진다면, 나는 당장 죽더라두 한이 없다구."

하며 슬프고 안타까워 어쩔 줄 몰라하며 쿨쩍 쿨쩍 사나이가 눈물을 글썽이며 울고 있습니다.

"그런 줄두 모르구 난 또…… 미안해 몰라줘서."

야속해하는 남편을 보니까 색시는 가슴이 오그그 졸아드는 것 같은 아픔이 밀려옵니다.

"아니야 괜찮어 색시에게 미안한건 나야."
"서방님!"
"색시!"

네 마음 내 마음

　서당에서 글 읽는 소리가 들립니다. 훈장의 가락에 맞추어 노래하듯 하는 글방 풍경은 엄숙하기만 합니다.
　"자 그럼 다같이 따라 읽는 거다. 에헴—산색은 고금동—이요."
　"산색은 고금동이요······"
　"인심은 조석변이라······"
　"인심은 조석변이라······"
　"백주는 홍인면이요······"
　"백주는 홍인면이요."
　"황금은 흑사심이라."

"황금은 흑사심이라."

"다음은 책을 덮고 외어볼 사람."

웅성웅성 서로 다투어 하겠다고 조르고 있는데

"네네……."

"접장이 우선 시범을 보여라."

구성진 가락을 띠우면서 접장이 읽어 내려 갑니다.

"네……산색은 고금동이요, 인심은 조석변이라, 백주는 홍인면이요, 황금은 흑사심이라."

"응 잘 외었다, 다음은 뜻을 새겨볼 사람."

"네……네……네."

"옹곱돌."

"네 산색은 고금동이요, 산의 모습과 빛깔은 옛날이나 오늘이나 다름없고, 인심은 조석변이라 사람의 마음은 아침과 저녁이 같지 않더라."

"음, 그 다음."

"네……네……."

"태석이."

"백주는 홍인면이요, 흰 술은 사람의 얼굴을 붉게 만들고 황금은 흑사심이라, 누런 금은 선비의 마음을 검게 하더이다."

"음, 잘 새겼다. 말의 뜻만 알면 그만이 아니다. 실지루 보아야 해. 이걸 요샛말루 실험이라구 하는 거다. 내가 이제 한번 할 터이니 잘들 보아 두어라."

"네."

"접장, 벽장에서 술병 꺼내 와라."

"네."

별안간 벽장 문이 열리더니 술병을 들고 접장이 나오는데 벌써 취했는지 얼굴이 홍당무가 돼가지고 나옵니다. 모두가 물을 끼얹은 듯이 조용해졌습니다.

이제부터 어쩌겠다는 건지 도무지 궁금해서 몸살이 날 지경입니다.

"곱돌아, 선생이 글 가르치다 말구 별안간 술병은 왜 찾지?"

"갑자기 한잔 생각이 나나봐."

"누구야 거기서 떠드는게…… 자, 이제부터 실험에 들어간다."

하시더니, 서슴없이 술을 잔에 철철 넘치게 뚤뚤 따릅니다.

"자, 이 빛깔을 봐라 하얗지? 그러니까 '백주'야, 알았느냐?"

"네."

"이걸 사람이 마시면 얼굴이 벌겋게 된단 말이다. '홍인면' 이것 다 내가 사람이니깐두루 이 '백주'를 마시면 낯이 붉어져 '홍인면'이지. 자 어때? 벌겋게 됐니?"

술을 들이킨 훈장이 일동을 향해 묻습니다. 모두가 숨을 죽이고 앉았습니다.
 "안 됐습니다."
 "그래? 붉그레 하지두 않아?"
 "않습니다."
 "음, 백주가 좀 모자라서 홍인면이 약간 덜 된 거다. 그럼 한잔 더……."
 술이 술을 청하듯이 자꾸만 따릅니다. 그러고는 또 마시고 연거푸 몇번 해 갑니다.
 "이번에는 어떠냐, 벌개졌지?"
 "안 졌습니다."
 "그거 이상하다. 붉으죽죽 하지두 않아?"
 "네."
 "그거 이상하다. 백주는 홍인면이야, 우잉―어."
 기분좋게 취하는지 트림을 합니다. 가르친다고 시험한 거가 정말 취기가 올랐습니다.
 "아, 쪼끔 발갛게 올랐습니다."
 "우이, 그렇지? 그럴거다. 우이―한잔만 더 먹으면 이번엔 샛빨개지는 거야. 진짜 홍인면이 돼, 꼬추처럼 우이."
 약간 취한척 하면서 훈장은 술을 또 따릅니다. 그러고는 마셔버립니다.
 "자 봐라, 이건 실험이니까 우이, 계속해서 한잔 더."

큰일났습니다. 혀가 꼬부라졌는데도 술을 그만하려고 하지 않습니다.

"어렵쇼, 술이 떨어졌어. 아, 아니 실험 재료가 바닥이 났구나. 우이, 누가 가서 실험 재료좀 구해 올 사람 없겠어? 우이, 백주는 홍인면…… 다들 알았지?"

이젠 주정이 됐습니다. 소리에 맞추어 장단치듯이 소리를 지르십니다.

"알았습니다."

"아—함 접장이 안에 들어가서 사모님더러…… 우이 술독을 열구 막걸리 좀 걸러 달래서…… 아 아니, 실험 재료를 좀 걸러 달래 가지구 백주 백, 백주……."

입이 찢어지도록 하품을 하시더니 입속에서 한소리를 또 하고 하면서 옹알옹알거리기 시작하더니 말 끝을 맺지 못하십니다. 이 모양을 본 태석이는 나직히 모두에게 말했습니다.

"아, 잠이 들었다."

훈장은 자기집 안방인 줄 아는지 코까지 드렁드렁 골기 시작했습니다.

"음, 코까지 고는데."

"완전히 이태백이가 됐다."

"태석아, 좋은 수가 있다."

"무슨 수?"

"이태백이라니까 생각이 났는데, 이태백은 제가 인간 세상에 귀양온 신선이라구 했지?"

"응 이적선이라구 주중선이라구……."

"하니까, 우리 선생님두 이태백일 바에는 도루 신선을 만들어 드리는게다. 우화등선 모르니?"

"왜 몰라? 알지만 어떻게 하는거니?"

"신선 뜸을 놓는거다. 계획은 섰어. 만사는 가슴 속에 있으니까 내게 맡겨 둬. 태석아 버선목에서 솜을 뜯어 내라 그리구 창호지를 찢어서 심지를 꼬아라."

"응."

"화로에 불씨 있지?"

"있다."

"음, 불이 꺼지지 않도록 입으로 훅훅 불어둬."

"곱돌아, 너 그런 장난했다가 나중에 어떡하려구 그래?"

"누가 했는지 알게 뭐야? 야 너희들 다 알았지? 입을 뺑긋하는 애는 내 가만두지 않는다."

모두가 와글와글 떠들어 대는데, 무엇을 준비하는지 곱돌이와 태석이가 한창 바쁘게 움직입니다.

"응, 됐다."

"솜 방망이가 떨어지지 않도록 종이 심지로 묶어서 선생님 손등에 매달아라."

"음……음."

"간지러우신가봐, 다른데다 쑥을 놓자."
"안돼…… 선생님의 그 손이 걸핏하면 우리네 종아리를 때리지 않니? 오늘은 그 손이 혼이 좀 나봐야 안다. 살―살, 살―살 옳지 됐다. 이 심지 끝에다 불을 댕기면 이번엔 진짜루 '백주는 홍인면'이 된다. 자 봐, 야금야금 타들어 가지? 자 이제 신선이 되실거다."
　세상 모르고 잠이 든 훈장은 코까지 연신 골아댑니다.
"다음은 선생님 학슬안경에다 붉은 물감칠을 한다. 누구 주토가진거 없니?"
"여기 있다."
"음, 그 가루를 안경알에 뿌려라, 아마 세상이 온통 빨갛게 보일테지. '백주는 홍인면'이다. 됐다, 됐어."
"음? 아이구 뜨거워라."
"불이야."
"어? 불, 불이 어디나 온통 불바다니 알 수가 있어야지. 내 얼굴에서까지 불똥이 떨어진다."
"선생님 고정하십쇼, 그건 불똥이 아니라 주토 가루올시다."
"주토가 왜 내 얼굴에……."
"선생님 얼굴이 차츰 희여지길래 '백주는 홍인면'이 되시게 하려구요."
"흠―그럴 때는 '백주는 홍인면' 보다 '상엽홍어 이월화'가

적당하다. '서리 맞은 단풍잎이 봄꽃처럼 붉다고 말이다……
아, 그나저나 놀랬다. 뜨거웠다…… 접장."

"네."

"우물에 가서 물좀 길어 오너라."

 선생님, 물은 뭘 하시게요? 불은 다꺼졌습니다."

"내 가슴 속에서는 아직두 불길이 활활 타오르고 있다. 냉수 한대접 떠와."

"네."

"갈증이 나시나봐."

"갈증두 나게 생겼지 뭐야, 꿀물을 타서 마시려나부다. 냉수를 찾으시는 걸 보믄."

"떡이 떨어졌는 모양이다. 꿀에 꾹꾹 찍어서 잘도 자시더니."

"태석이는 거기서 뭘 중얼거리구 있느냐. 벽장에서 꿀을…… 아 아니, 경옥고 항아리를 꺼내 오너라."

"네, 꿀통 여기 있습니다."

"하하—아둔한 녀석 같으니라구. 그건 꿀통이 아니라 경옥고 항아리래두. 다들 잘 들어라. 이게 너희들이 얼른 보기에는 꿀처럼 생겼지? 하지만 이건 서역 천축국에서 당나라를 거쳐 들어온 보약인데, 아이들은 조금만 먹어도 급살을 맞아 당장 죽는 약이다. 알았느냐?"

"네."

"그점을 깊이 명심해야 한다. '황금은 흑사심'이라 이 꿀은…… 아 아니 경옥고는 얼른 보면 황금빛이지만 이건 황금이 아니니깐두룩 흑사심은 되지 않아, 그 대신 아이들이 먹으면……."

"당장 죽지요?"

"그래 그래."

"선생님 냉수 떠 왔습니다."

"오냐, 이리 다우."

하시더니 꿀 아니 경옥고라는 희귀한 약을 냉수에다 숟가락으로 듬뿍 떠 넣어 저으시면서 꿀컥 꿀컥 마십니다.

"어—시원하다."

"정신이 번쩍 나시지요?"

"정신은 번쩍 난다마는 나는 한잠 더 자야 해."

"어서 주무십시오."

"너희들이 생각하기는 내가 졸려서 잠을 자려는 걸루 알기 쉽지만 그게 아니야."

"그럼 뭡니까?"

"학문이 실험이요 '미각지당'에 '춘초몽'하야…… 연못가 봄풀이 꿈을 미처 깨기도 전인데…… '계전의 오엽이 이추성'이라…… 계단 앞의 오동나무 잎사귀는 이미 가을 소리를 지르는구나. 이러한 경지를 너희들에게 실감 시키기 위해서 내가 대표로 한잠 자려는 거다. 지금 그거, 누구의 작품인지 아는 사람?"

"네."

"곱돌이."

"주자님의 우성시입니다."

"주전자의 무슨 수?"

"하하하."

"주자님의 우성시요."

"옳아, 그 말 맞았다. 아—함 그러면 내가 실험을 하고 있는 동안에 너희들은 아까 배운 글귀를 읽어야 한다."

다짐하듯 하시면서도 못견디시겠는지 옹알거리며 코를 골기 시작하는데, 느닷없이 가락을 띄워가며 일동은 소리를 냅니다.

"산색은 고금동이요, 인심은 조석변이라 백주는 홍인면이요, 황금은 흑사심이라."

"이 녀석들아 시끄러워서 잠을 잘 수가 있나. 실험에 방해가 된다."

"히히히……."

"임마들, 웃기는 입을 꼭 봉하구서 속으루만 읽어라."

"아—함."

여기서 저기서 킥킥거리며 웃기 시작했습니다.

어제의 실험을 깨끗이 잊은듯 오늘은 접장의 구령소리가

우렁차게 들립니다.

"차렷…… 경렛."

"에―어제는 주로 실험을 했으니까, 인석들아 웃긴 왜 웃어? 에―그러니까 오늘은……."

웃음을 참을 수가 없는지 일제히 웃어대니까 민망한지 억지로 소리를 더 높이십니다.

"실습을 합시다."

"하하하."

"그랴 하지만 너희들이 지레짐작을 하는게 얄미워서 실습은 내일루 미룬다. 오늘은 시낭독을 할터인데 모두 나를 따라서 읽는 거다. 다―들 좋지."

"좋을 거 없습니다."

"저 녀석이, 태석이 너 종아리 좀 맞을 줄 알아라. 자, 다들 준비 하고."

훈장의 말씀이 떨어지자 마자 모두들 일제히 에헴하고 목청을 가다듬습니다.

"그럼 시작한다. '소년은 이로 하고 학난성 하니…….'"

높고 낮은 소리로 천천히 구성지게하는 선생님의 어조를 흉내내듯이,

"소년은 이로하고 학난성 하니."

"일촌의 광음도 불가경이라."

"일촌의 광음도 불가경이라."

"무슨 뜻인고 하니 지금 나이가 어리고 젊다고 해서 방심을 말아야 할 것이 세월이 빨라서 늙기가 쉽다 그거야, 그러니까 순간순간의 짧은 시간이라도 아끼고 아껴 쓰되, 가볍게 여겨서는 못 쓰느니라 하는 주자님의 교훈이시다. 다들 알았지요."

"알았습니다."

"몰랐습니다."

"지금 몰랐다는 녀석이 누구야! 태석이지? 너 아무래두 초담을 좀 맞아야겠다. 대님 끌러라. 바지가랑이 걷어붙이구 퇴침 위에 올라서."

아이쿠, 살았습니다. 다행히 밖에서 인기척이 났습니다. 누군가가 훈장 어른을 뵈러 온 것 같습니다.

"훈장 어른 계시오니까."

"거 누구야?"

지게문 열리는 소리가 탁 나더니,

"선생님 안녕하신갑쇼? 건너마을 구불촌 김별감 댁에서 왔는뎁쇼."

"오 수고하네, 무슨 일이라?"

"다름이 아니굽쇼, 우리댁 별감 나으리의 생신날이 바로 오늘입니다요. 그래서 조반식사나 같이 나누시자구 모시고 오랍시는 분부신뎁쇼."

"그래? 그거 경사로군. 하지만 내 아침 식사두 마쳤구, 또

마침 할일두 있어서 가기가 어렵겠는데……."
"선생님 다녀 오세요……."
"임마, 네가 참견할 일이 아니야. 가서 별감 어른께 이렇게 여쭈게. 모처럼의 호의는 감사하지만 애들이 공부를 막 시작한터라 오정 때까지는 어렵구, 저녁 때나 건너가 뵙는다더라구……."
"선생님두, 음식이 저녁때까지 남아 있습니까요. 다 없어지지요."

가고 싶은 마음은 역력한데도 퍼뜩 일어서려고 하지않습니다. 주안상이 눈앞에 어른거립니다. 태석이가 조르는데 못 이기는체 하더니,

"그건 그래."

네 마음 내 마음 73

"갔다 오세요.

"아따 이녀석 네가 알 일이 아니래두. 여보게 사정이 그렇다면 내 얼른 건너가 볼까."

"네, 그렇게 합쇼."

"선생님, 때릴거 마저 때리구 가세요."

"임마, 나 지금 바쁘다."

"암만 바쁘서두 하시던 일은 끝을 내셔야지 않습니까, 어서 때려 주세요."

"그럴 겨를이 어디 있어? 다된 음식이 식거나 없어질 판인데 다녀와서 넘치가 되두룩 천천히 갈겨 주마."

"그건 안 되세요, 시간과 장소를 가리셔야지요."

"이 녀석아, 시간과 장소는 무슨 깻묵 같은 시간과 장소야. 내 본심으로 말할 것 같으면 수업에 지장이 있는 걸루 봐서 안가야 할 것이로되, 동네 잔치에 부름을 받았는데도 빠지는건 예의가 아니라서 부득이 가는 거야, 하니깐두룩 내가 돌아올 때까지 갈객질이나 날파람을 말구 조용히 둘러 앉아서 먹을 진하게 갈아 가지구 영자필법을 열번씩 익히는거다, 알았느냐."

"예."

좋고 신이 나서 와 하고 얼굴에 모두 꽃이 핀듯이 환해졌습니다.

"접장이 책임지구 엄히 감독을 해야 한다."

"저어 선생님, 저는 돌아오실때까지 퇴침 위에 올라서 있어야 합니까?"
"바짓가랑이 내리구 대님 묶어."
"한말씀만 더 여쭤 보겠습니다."
"그녀석 참—말 자꾸 시키지 말어, 난 갈길이 바쁜 사람이야, 허허허 오래 기다렸네, 자, 가세."
"안녕히 다녀오십쇼."
"오냐."
한결 부드러운 음성으로 발걸음이 가볍게 나가시며 지게문 닫는 소리와 함께 훈장이 에헴하고 큰 기침 한번 하시더니, 횡하니 머슴을 따릅니다.
"되도록 오래오래 다녀오십시오."
"그런거 부탁 안해두 돌아오실땐 약주가 높으실거니까 안심이다. 태석아, 오늘 너 참 운 좋았다."
"음, 정말 아슬아슬했어. 하마터면 장단지가 갈라지도록 얻어 터지는건데."
조용하던 분위기가 갑자기 와글와글하더니 시끄럽기 시작합니다. 저마다 태석이에게 한마디씩 합니다.
"운두 좋았지만 뭐니뭐니 해두 김별감 아저씨댁 머슴의 덕이라, 지옥에서 만난 보살님이지 뭐니."
"그래 그래."
"자, 다들 고만 떠들구 선생님 말씀대루 먹글씨 공부를 하자."

"그런데 접장, 난 모르구 벼룻돌을 안 갖구 왔는데 어떡하면 좋지?"

"누구하구 같이 좀 쓰문 되지 않니?"

"붓두 있어. 벽장속에 있는 선생님 벼루하구 붓을 좀 꺼내쓰문 안 될까?"

"큰일 날 소리 말어. 선생님이 얼마나 애지중지 하시는 건데, 그 벼루 당나라 물건이라 솜방석으루 덮어서 보자기에 싸두시는 건줄 몰라? 건드리지 말구 가까이 가지두 말아."

"아무리 귀해두 사람이 쓰라구 생겨난 물건 아니니? 명색이 돌인데 한번 썼다구 닳아떨어질것두 아니구 난 쓰겠다."

"아서아서."

"듣기 싫다. 저리 비켜."

큰일 났습니다. 야단날 것 같은 예감이 들었으나 접장 혼자 힘으로는 막아낼 수 없었습니다. 이윽고 벽장 문을 열었습니다. 모두가 와글와글 떠들어대는데, 곱돌이가 긴 하품을 하면서 외쳤습니다.

"아 함 어 따분하다. 애들아 다들 좀 쉬어서 쓰자."

"모두들 시장하지 않니?"

"아이 배고파, 웬지 출출한데."

모두가 먹고 마시는데에만 정신이 팔린 모양입니다.

"그럼 좋은 수가 있다. 꿀을 좀먹자. 태석아 벽장에서 꿀단지 꺼내봐."

　훈장이 돌아온 뒤 동티 날 걸 겁내면서도, 내킨김에 어때 하는 배짱파도 더러는 있습니다.

"괜찮을까?"

"내가 책임질게, 자 빨리."

"그건 안된다. 꿀이 아니라 경옥고야. 아이들이 먹으면 죽는……."

"죽을까봐 겁나는 놈은 먹지 마라. 하지만 생각들 해봐, 생일집에서 얻어온 떡고리를 넣어두구 우리가 배고파서 죽을 지경일때 꿀을 쿡쿡 찍어서 잡수실게 아니냐. 그러니까, 꿀을 없애버려야 해. 싫으면 고만둬, 나만 먹는다."

　벽장문을 열고 꿀단지를 내리더니 꿀단지 안고 앉아 맛이 있게 먹습니다.

"아 맛이 있다. 태석아 너두 먹어 봐라."

"음, 달콤한데."

"달지 않으면 꿀이 씁쓸하니? 자, 다들 먹어."

　누가 먼저라 할 것 없이 우루루 모두 덤벼들어 한참 맛있게 먹다가 누가 무얼 봤는지 겁이 나서 주춤하더니 두런두런 쑤군거립니다.

"애들아 저―길 봐라, 선생님이 오신다."

"먹을땐 좋았지만, 이젠 큰일났다."

"걱정말구 나하라는 대루만 해. 누구 장도리 좀 찾아와라."

"그건 뭘 하게? 노루발 장도리, 예 있다."

"음 이리 줘. 이놈의 벼룻돌 하나……둘……셋……에잇."

벼룻돌이 무참히 깨졌습니다. 모두가 놀래서 걱정입니다.

"곱돌아 너 환장했니, 실성을 했니? 그게 어떤 벼룻돌이라구 작살을 내놓니, 이젠 꼼짝없이 죽었다. 선생님이 대문 앞에 오셨어."

"죽지 않는다. 죽은 시늉만 해라. 자, 다들 눈감구 드러 누워, 선생님이 들어오셔두 움직이면 안된다."

일제히 영겁결에 시키는대로 드러 눕는데, 게트림을 하시면서 기분이 좋으신지 으흠 하시면서 선생님이 들어오셨습니다.

"우이, 내가 왔다. 조용히 글씨 공부를 하구 있느냐?"

지게문을 여시면서 약간 취기가 돈 얼굴로 방안에 들어서시던 선생님께서는,

"어? 이녀석들이 아이구, 이 벼룻돌이 두 동강이가 나다니 이놈들 벌떡 일어나!"

"선생님, 죄송합니다. 죽을 죄를 지었습니다."

화가 머리끝까지 나신 선생님은 숨을 헐떡거리시더니 다구치십니다.

"뭐가 어찌 됐다는 거냐, 말들 해라."

"네, 선생님이 안 계신 동안에 저희들이 장난을 치다가 선생님이 그렇게나 아끼시는 벼룻돌을 그만 실수로 깨트렸지

뭡니까."
"하이구, 그 그래서."
 울상이 다되신 선생님께서는 어이가 없으신지 화도 내지 못하시고 자초지종을 묻기 시작했습니다.
"그 죄로 말씀드리면 백사 무석입니다. 그래서 속죄하는 뜻으루 다 죽어 버리려구, 아이들이 먹으면 죽는다는 경옥고를 꺼내서 우리가 모조리 나눠서 먹어 버렸습니다."
"음?……음?……음?"
"선생님 놀래실 것두 당연하지만, 정신 차리십시오."
"음—이거 큰일 났다. 그 약을 먹으면 정말루 죽어."
"네? 정말 죽습니까?"
"그래, 경옥고란 원래 꿀을 섞어서 지은 약이라서 입에서는 달콤하지만 뱃속으로 들어가 전신에 독기가 퍼지는 날에는 죽구 말구."
 모두가 울먹이며 겁도 나고 하여 걱정합니다. 그런데 선생님께서는 시침을 뚝 따시고는 하시는 말씀이,
"모두 다 독을 토해 버려야 한다. 먹은 거 토해 버리는 데는 썩은 뜨물이 잘 듣는다. 접장."
"네."
"너 꾸정물통에 가서 잘 썩은 뜨물 한바가지만 떠 가지구 오너라."
"네."

"다들 한줄루 나란히 서라."

울먹이는 사람 모두가 울상을 지으면서 와글와글 떠듭니다.

"앞을 다투지 말구 순서대루 뜨물을 한모금씩 받아 마시구는 마당으루 나가서 모두 토해 버려야 한다, 알았지?"

"선생님, 뜨물 갖구 왔습니다."

"오냐, 먼저 먹겠다구 새치기하는 자는 공중도덕을 모르는 놈이니 입을 딱 벌리구 차례차례 앞에 나와서 질서 정연하게 한모금씩만 마셔야 한다. 욕심 내지 말구서."

"네."

"접장부터."

"네."

"다음."

"네."

"그 다음 곱돌이 차례."

"저는 죽어두 좋으니까 안 먹겠습니다."

"조런 발칙한……저리 비키기나 해라, 다른 애들 방해된다."

한모금씩만 마신 친구들은 모두 마당으로 달려나가자마자 토하느라고 젖 먹던 힘까지 다 듭니다. 왜왜거리며 달콤한 꿀물을 아깝게도 다 토해버립니다. 그 꼴을 보고 있던 훈장이 혼잣말처럼 하십니다.

"후후훗, 꿀 먹은 입에 뜨물 맛이 어떠냐, 히히히……."

보복치고는 너무하십니다. 뜨물을 먹지 않은 곱돌은 물론 죽지 않고 살았습니다.
악몽과 같은 하루가 지났습니다.

악몽과 같은 하루

 어제의 이야기 저 얘기에 꽃을 피우며 시끄럽게 떠들썩 합니다.
 "일동, 앉은 자세대로 차렷!…… 경롓!…… 쉬어."
 "에―어제 예고한 바와 같이 오늘은 농사 실습을 한다. 부속 농장에 나가서 거기에 심은 김장 배추의 허리를 하나 하나 지푸라기로 동여 매고 그 일이 끝나면 얼지 않도록 짚 으로 위를 덮는 거다. 그 작업을 마치면 땅을 파서 독을 묻 는 훈련을 실시한다. 이런것이 모두 사회생활 공부가 되는 거야. 그러니까 열심히들 해야한다."
 "예."

"날씨가 싸늘하니까 가랑잎을 긁어 모아다가 모닥불을 이글이글 피워놓고 불을 쪼여가면서 하는 것이다. 알았느냐?"
"예."
"그러면 곧 착수해라."
 착수하라는데 일하는 손보다 입이 일을 하는지 와글와글 떠들어가면서야 겨우 일을 시작하는가 봅니다."
"농사 실습 한번 볼만한데, 이게 부속 농장이야? 선생님네 채소 밭이지."
"누가 아니래, 작업 좋아하네, 배추속 고갱이 딱딱하게 들라구 묶어 놓으라면서."
"그 다음은 땅을 파서 독을 묻는 훈련이래, 그게 훈련이야? 느닷없이 학생들 시켜서 김장 항아리 묻어 놓자는게 아니라구?"
"다음은 무슨 훈련이 될까 무 씻는 훈련? 그 다음이 양념 속 다듬는 작업이구."
"좋은 생각이 하나 떠올랐다."
"무슨 생각?"
"이왕 김장 준비를 할 바에는 아예 톡톡이 해 드리기루."
"어떻게?"
"배추밭에다 미리 소금을 뿌리는 거다. 이를테면 배추를 일찌감치 절여 놓는 거지."
"그렇게 하면 배추꼴은 뭐가 되구?"

"알게 뭐야, 나중 일은 나중 일이구 소금만 잔뜩 뿌려 두면 날씨가 아무리 추워진대두 절대루 얼지 않을 거, 내가 보증한다."

"소금 먹은 푸성귀 같다는 속담이 있잖어? 배추는 꽤 연해지겠다. 그대신에 짜기는 좀 짤걸."

"좀 짠 편이 시어지지 않아서 좋아, 계획을 세웠으면 곧 실천에 옮기는거다."

"소금이 어디 있어?"

"부엌 소금 독 속에 얼마든지 있더라, 소금 기운이 고루고루 가게 하기 위해선 물에 풀어 가지구 뿌리는 게 좋겠어."

"그렇게 하자, 우리가 배추 절이는 거 도와 드리면 사모님 두 손이 덜 가게 됐다구 좋아하실거다."

"글쎄, 좋아하실지 싫어하실지는 두구봐야 알 일이구, 아무튼지 빨리 착수하자."

"음."

물 쏟아 붓는데 벌써부터 채근입니다. 뭐 그리도 바쁜지 야단이 났습니다.

"태석아 아직두 멀었니?"

"거의 다 됐어 너는?"

"조금 남았다."

"애들아, 너희 뭘하니?"

"접장 나으리께서는 모르는 편이 좋을거다……아, 이제 다

됐군."
"배추가 한결 부드러워져서 묶는 일두 퍽 수월하게 생겼다."
"곱돌아, 모닥불 피운데 가서 불 쬐면서 좀 쉬자."
"음, 선생님은 어쩌자구 방구석에만 계시지?"
"노인네가 추우니까 그러시지 뭐."
"아, 뜻뜻하다. 꽁꽁 언 몸이 녹으니까 전신이 노곤해지는 걸."
"배가 고파서 그런 거야."
"그러고 보니 때는 왔다."
"무슨 때?"
"점심 때?"
"하하하 선생님이 어제 생일집에서 얻어 가지고 온 떡, 이 불에 구워 먹었으면 좋겠네."
"그 떡을 내놓으시나보다……."
"뭘."
"구워 먹을 거가 따루 있지."
"뭔데 말해봐."
"참새를 잡아서 오지직 오지직 구워먹었으면 맛이 괜찮겠네. 마침 소금두 있것다. 짭짤하게 구워서 말이다."
"구미가 통한다. 가만이나 있거라."
"통하면 먹는 거지 뭐."

"참새가 있어야 먹지?"

"잡으면 된다."

"무슨 수루 날아 다니는 걸 잡는대?"

"진작 이럴줄 알았으면 내가 집에서 활을 가지고 오는 건대. 가만 있어, 내가 보아둔게 있다."

"뭘 봐둬?"

"글방 지붕 위에 참새 집이 여럿 있어"

"그걸 잡니?"

"응, 올라가서 차례차례 뒤지면 꽤 여러 마리 잡을 수 있다."

"쉬, 선생님이 나오신다."

"에헴! 수고들 한다. 실습과 훈련을 열심히들 하느냐?"

"내, 이제 묶고 덮기만 하면 됩니다."

"묶고 덮는 거면 전부지, 아직 아무것도 안 하구 놀기만 했구나."

"아이 선생님두 안하긴 왜 안해요? 자 보세요."

"음? 저게 웬일이야? 배추 잎파리가 기운 없이 축 처져들 있으니."

"그럴 리 없는데요."

"없기는, 얼지두 않았는데 왜 이렇게 매가리가 없다지?"

"아 그거요? 거기엔 그럴만한 내력이 있습니다."

"무슨 내력?"

"제가요, 묶기 쉬우라구 배추 포기마다 체면술을 걸었거든요, 그래서 잠깐 잠이 들었는 모양인데, 다 묶고 나면 도로 빳빳하게 되살아날 것입니다."
"무슨 잠꼬대같은 소릴 하고 있는 거야? 접장, 접장."
"예."
"아 글쎄, 선생님은 아무 걱정 마시구 추운데 방에나 들어가 계세요, 그러다 감기라두 들리면 어쩌시려구요. 접장 선생님을 방으루 모셔."
"아니야, 난 좀 봐야겠다 이거 놔라."
"글쎄 염려 놓으시래두요."
불호령이 튀기 시작입니다. 보아하니 무슨 사연이 있는 걸로 짐작하셨는지 노기가 하늘을 찌를것 같습니다.
"접장, 너는 내막을 알구 있지?"
"잘 모르겠습니다."
"모르다니 보구 있었으면서두 몰라?"
"최면술을 걸구 있는 현장에는 있지 않았으니까요."
"최면술이 무슨 최면술이야? 이게 무슨 조홧속이냐 말이다. 빳빳하구 성성하던 게 삽시간에 이 지경이 돼 버렸으니 네 손으루 좀 만져봐라 이게 웬일이냐?"
"만져 봐두 잘 모르겠는데요."
"흠!……그럼 먹어봐."
"날배추를 먹습니까, 전 토끼나 닭이 아닙니다."

"그런 줄을 누가 몰라? 맛만 보라는 거다."
"네."
"어때 맛이!"
"좀 짭짤합니다."
 딴은 놀랠 일입니다. 날 배추를 씹은 접장도 기분이 언짢지만 훈장은 더더구나 기가 찰 일입니다.
"짜? 짜다니?"
"예 짭니다."
"알쪼다, 이제야 알았어. 너 나가서 곱돌이하구 태석이 녀석을 당장 끌구 오너라."
"어떻게 하시려구요?"
"초담을 좀 쳐야겠다. 채찍 어디 있느냐?"
"똑바루 알지두 못하시면서 매를 드셔두 괜찮을까요?"
"모르긴 뭘 몰라, 그 녀석 둘의 짓이 분명해. 배추밭에다 소금을 뿌려 놨구나."
"그렇지만 곱돌이의 아버지는 옹좌수 어른입니다. 나중에 말썽이 생겨나기 쉽지 않을까요?"
"하더라두 다른 애들 본보기루, 또 내 위신을 봐서두 오늘만큼은 그냥 둘 수가 없다. 나가서 냉큼 데리구 와."
"곱돌아, 접장이 배추 한포기를 뽑아 들구서 선생님께 불려 들어갔다."
"그런거 우리가 상관할 일이 아니야, 우리는 어서 지붕에 올라가서 새 새끼나 잡는 거다."
"사닥다리가 있어야 올라가지?"
"내 어깨를 밟구 목마를 타구서 올라가문 돼, 올라가서 날 끌어올려라."
"알았어 자, 그럼 하나, 둘, 셋."
"조심해라. 이번엔 내 팔을 잡아 당기는 거다."
"음, 어 힘든다. 자, 그 용마루 기왓장을 들어봐라, 나는 이쪽을 뒤질게."
"없다, 아아—."
기와 지붕에 올라간 아이들이 설치고 왔다갔다 하니까 기와장이 주루루 떨어져서 깨지는 소리가 요란스럽습니다.
"아이쿠 집이 무너지는구나, 이게 웬일이야?"
"죄송합니다."
"아니 저 녀석 봤나. 지붕으로 도망을 쳤구나."
"그게 아닙니다."
"당장 내려 와라, 내려오지 못해?"
"그보다두 태석이가 다쳤나 봅니다."
"남의 일 참견말구 너나 내려와라, 안 내려오면 장때루 후려칠테다."
"내려가요, 내려가면 될거 아닙니까."
"빨리 빨리 내려와."
어슬렁어슬렁 내려왔더니 대뜸 호령이십니다.

"바짓가랭이 치켜 올리구 퇴침 위에 올라서라."
"꼭 맞아야 할까요?"
"기어히 때리구야 말겠다."
"저는 기어히 안 맞겠습니다."
"쪽박을 쓰구 벼락을 피하지, 무슨 수로 안 맞아?"
"달아나다가 앙탈을 하거나."
"안 되지…… 하긴 꼭 한 가지 길은 있다."
"무업니까…… 그 길이란 게."
"내가 내는 운자 열둘을 넣고 글을 하나 지을 수 있다면 면할 수 있다."
"해보겠습니다. 운을 떼십시오."
"해보려느냐?"
"어서 운을 내주셔요."
"음…… 그러면 지(之)다, 갈지(之)자."
"네…… 옥지 상지 등지(屋之上之登之)하야……."
"그게 뭐야?"
"지붕 위에 올라가서……."
"음, 다음은?"
"조지 추지 집지(鳥之雛之執之)러니…… 새새끼를 잡으려 했더니."
"얼씨구, 그래서."
"와지 낙지 파지(瓦之落之破之)하니 기왓장이 떨어져 깨어지니……."

"옳거니…… 다음."

"사지 노지 달지(師之怒之達之)로다. 스승님이 노하셔서 초달을 치시는구나."

"하하하, 제법!"

"갈지자가 열둘 입니다."

"하하하 하하하 됐다 됐어, 하하하……."

 대단히 만족하신 모양입니다. 훈장은 흐뭇하고 가르침이 헛되지 않은 증거를 보신듯 너무나 기뻐하십니다.

동지 팥죽

"나으리 마님, 아침 진지 드시와요."
"오―냐."
미닫이 살그머니 열리더니 상을 내려 놓습니다.
"아니, 이게 뭐야?"
"오늘이 동지라서 팥죽을 쑤었습니다."
"네가 설명을 않더라두 달력에 잘못이 없다면 동지는 나두 안다."
"동지면 예로부터 죽을 쑤는 법 아닙니까?"
"법 많이 알아서 좋겠다. 그것두 내가 알어."
"그런데 뭘 그러셔요?"
"동지면 동지답게 죽을 쑤어야지 이게 죽이냐? 네 눈에는 죽으루 보여?"

"죽이 아니면 무엇이 오니까?"

"떡이야 떡. 이건 숟가락으루 떠 먹을게 아니라 칼루 베어 먹어야겠다"

"아이 마님두, 그거야 새알심이지요."

"새알심을 누가 모를 까봐서. 내가 말하는 건 쌀알이다. 쌀이 이렇게 많은데두 죽이랄 수 있니? 당장 갖구 들어가서 이 떡 한그릇에 물을 펑펑 쏟아붓고 죽 여남은 그릇을 끓여라. 원 곡식을 이렇게 헤프게 먹는 대서야 머지 않아 패가망신하겠다."

"죽 한그릇으루 열그릇을 만들어요?"

"아직두 그냥 죽이라네, 떡이라구 하는 내 말이 안들려?"

"나으리 마님께서는 떡두 분별을 못하십니까?"

"아따 요년의 아이넌 주둥아릴 짓찧어 놓을까부다. 이거야 말루 죽두 밥두 아니야, 떡이야."

"떡이면 떡이라 여기구 잡수셔요."

"허어 맹랑한거 다 보네. 죽을 떡으루…… 아아니 떡을 죽으루 알구서 먹으라구? 이걸루다가 죽 열그릇을 만들라는데 무슨 잔소리야?"

"그렇게 하면 팥죽이 아니라 팥물이 되겠습니다. 그렇게 하면 속에 떨어지는게 있어야죠? 너무 소화가 잘 돼서요."

"소화가 잘 돼서 걱정이면 사향소합원 꺼꾸루 먹으면 될게 아니냐. 먹은 음식 도루 기어 올라가라구."
"에그, 좋은 날에 아침부터 왜 또 역정이시우."
"좋은 날은 뭐가 좋은 날이야?"
"좋은 날이지요. 오늘 죽 한그릇을 먹어야 나이 한살을 더 잡숫는 거래요."
"마누라 마침 잘 나왔어, 이걸 좀 보라구 이게 죽이야? 떡이지."
"죽입니다요."
"죽이라니? 누굴 죽여?"
"죽이라구요."
"나 사람 죽이는 사람 아니야."
"고집두 어지간 하십니다."
"여북하면 내 이름이 고집일까."
"호호호 알기는 아시는군요. 떡이면 떡이라 치구, 어서 참고 잡수셔요."
"한순가락 떠넣구는 물을 한대접이나 마셔야겠군. 아이구야 목이 메서 먹을 수가 있겠나."

남편의 말에 코웃음으로 빈정거리는 부인은 히죽거리기 시작했습니다.

"예, 옳습니다. 당신 말씀이 옳아요. 춘단아, 넌 어서 들어가 봐라."
"네."

거추장스럽다는 듯이 춘단이를 쫓아버리듯 밖으로 내보냅니다. 그런데 작은 사랑에서 아들부부는,
"색시 큰사랑에서 아버지가 왜 또 역정을 하셔."
"죽을 드렸더니 떡이라구 우기시는 거예요."
"문을 담벼락이라구 또 고집이시군."
"시아버님 존함을 함부루 부르는게 아니랍니다."
"이름이 고집인걸 낸들 어떡해. 에이 의관 내놔."
"어머나 조반두 안 드시구 어디 출입하시게요?"
"기분 몽땅 잡쳤어. 오래간만에 태석이나 찾아가 보려구."
"참 다리 다치셨다던거 좀 어떤지요?"
"그일이 있구나서 처음인데 낸들아나? 가서 만나봐야 알지."
"그럼 다녀 오셔요."
"도련님 옹당촌 옹서방님이 오셨는데요."
"곱돌이가? 들어오시라구 해."
"네, 들어오시랍시는데요."
"고마워, 태석아 다리 좀 어떠니?"
"음, 많이 나았어."
"한번 온다 온다 하면서두 어디 그렇게 돼야지, 미안하다."
"별 소리가 다……."
"근본을 따지구 보면 네가 다리를 다친게 내가 참새를 잡아 구워 먹자구 꼬신 탓이 아니니."

동지 팥죽 95

"아니야, 지붕에서 굴러 떨어진건 내 실수였어. 그보다두 오히려 미안한건 나다. 내 대신 네가 훈장에게 혼이 났으니."

"혼났달 것두 없어. 아무튼 앞을 좀 내다볼수만 있었다면 아무 일두 없었을건데."

"그건 그래, 세종 대왕님만 같았어두."

"그건 또 뭐야?"

"너 그 얘기 모르니? 세종 임금이 수십리 밖을 내다 봤다는 이야기."

"못들었어."

"그날두 아침 동짓날 아침이었대, 세종대왕이 아직 충녕 대군일 적인데 양녕, 효령 두 형과 함께 부왕이신 태종께 문안을 여쭈러 들어갔더래요."

"그래서."

"절을 하다가 충녕 대군이 뭘 봤는지 픽 웃었지."

"저런, 태종이 그 성미에 가만 계셨을까?"

"물론 노염을 내셨지. 무엇이 우스워서 웃느냐. 당장 호령이 떨어졌것다."

"당연하지 뭐."

"이때 충녕의 대답이, 예 봉은사 상좌승이 동짓죽동이를 이고 섬돌위를 가다가 발을 헛디디어서 전신에 팥죽을 뒤집어 썼나이다. '무엇이? 거짓말이 아니냐' '아니오이다' '네 능히 십리 밖을 내다 볼 수 있느냐' '있사옵니다'…… 이렇게 돼서 사실 여부를 알아보실 양으로 별감을 불러서 일부러 봉은사까지 보내 보았더니, 어렵쇼 정말로 그날 아침에 그런 사건이 있었다지 뭐야."
"그거 누가 그럴사하게 꾸며낸 말이 아닐까?"
"그런지두 몰라."
"봉은사 얘기를 들으니까 취암사 생각이 난다."
"네가 도망 갔던 절?"
"음, 취암사 생각을 하면 떰치 모습이 떠오르구."
"참 떰치는 지금 어떻게 지내구 있을까. 불목하니 노릇을 한다더니."
"이젠 중이 됐대, 도렴이라는 이름두 얻어 가지구."
"한번 만나봤으면 좋겠다. 머리 깎구 가사 장삼 입은 모습이 어울릴는지."
"그런것 보다두 배나 곯지 않는지 모르겠다. 오늘 아침에 동짓죽이나 먹었을까."
"봉은사 상좌승 모양 죽동이를 뒤집어 썼는지두 몰라."
"하하하, 하지만 떰치는 너하구 달라서 침착한 아이니까 그런 일은 없었을 거다."
"듣다보니 은근슬쩍 나를 까대는 이야기구나."
"그런건 아니지만 한번 만나보구 싶다."
"내 다리가 다 나으면 우리 한번 찾아가볼까."
"응, 소식이 궁금하니까."

염불소리가 은은히 울리면서 간간히 목탁을 치는 절간 법당에서,
"도렴아."
"예, 주지스님."
"너 옹진골 옹당촌의 집 생각이 나지가 않느냐?"
"속세의 인연을 끊으려고 애를 쓰고 있나이다."
"잘 되지가 않지?"
"좀 어렵습니다."
"음—너 옹당촌에 한번 다녀 오련."
"예? 사가에를요?"
"집에 놀러 가라는 이야기가 아니야. 마을 부자 옹고집이를 만나보고 오라는 게다."
"옹좌수 어른은 왜 만나봅니까?"
"너두 보다시피 우리 절이 지은지가 오래여서 법당이 많이 퇴락했다. 급히 궁소를 서두르지 않고는 비바람을 막아내기가 어려운터라 역사를 곧 착수 해야겠는데, 그러려면 앞서는 것이 비용이다. 너 옹좌수를 만나 황금 일천냥만 시주를 청해서 얻어 가지고 오너라."
"스님의 말씀은 잘 알겠습니다마는 그 어른이 원래 인색한 분이라놔서……좀 어려울것 같습니다."
"그런 줄은 나두 잘 안다. 그러나 이 일만큼은 다른 일과는 다르니, 저도 생각이 있을 터이지. 큰 부자인데 천 냥쯤

이야 희사하지 않겠느냐.”

"아마 쉽지가 않을 것입니다.”

"익히 알구 있다. 인색할뿐 아니라 용렬하고 옹졸하고 심술궂고 욕심 사나운건 너보다두 내가 더 많이 들어서 안다마는, 그 사이 사람이 좀 달라졌을 수도 있고 또 너는 그 집 외아들 곱돌이하고는 친구사이가 아니냐. 너 말고 보낼 만한 사람이 없어서 부탁하는 것이다.”

"스님 시주를 얻기는커녕 모질은 푸대접을 받기가 첩경입니다.”

"그때는 또 그때이고 어때? 해 보려느냐?”

"굳이 가라시면 가기는 가겠습니다마는……."

"마음이 내키지 않는다는 말이냐?”

"마음보다는 걸음이 내키지 않습니다.”

"흠—싫으면 할 수 없는 일이고.”

"싫어서가 아닙니다. 가고는 싶습니다마는 되지 않을 일인 걸 뻔히 알면서야 어찌……."

못마땅해 하시는 표정이시더니 약간은 노기를 띤 음성으로,

"그만두어라.”

"아 아닙니다, 가긴 가겠습니다. 하지만 좋은 결과는 기대하지 말아주십시오.”

"알겠다. 그럼 다녀오되 처음에는 얼굴을 보이지 말고 본

색을 감추다가, 일이 맹랑하게 될때에는 네가 누구인 걸 나타내 보여라."
"명심하겠습니다."
"춥고 먼길에 고생이 크겠다마는 다 부처님을 위한 일이니 그리알고."
"예."
"그러면 곧 길을 떠나거라. 나무아미타불 관세음보살."
 목탁소리가 은은히 산등성이에 퍼져 나갑니다. 고요하다 못해 적막하기까지 한 이 산중에서 오직 목탁소리만이 속세의 어지러운 먼지를 씻어버리려는 듯 울어 댑니다. 그 소리를 뒤로 하고 떰치는 산을 등지고 하산하였습니다. 마을 어귀에 다다르자, 낯선 길손의 행적을 보고 개 짖는 소리가 한층 더 요란스럽습니다. 덩달아 추운 날씨인데 바람은 한결 더 세차게 불어 옷깃 속을 파고 듭니다. 어느 집 문밖에 서더니 목탁을 치며 염불을 하기 시작했습니다.
"정구 업진언(淨口業眞言) 수리수리 마수리 수수리 사바하……."
 대문이 비꺽하며 열리더니 으시시한지 귀찮은 듯이 계집종 춘단이가 내뱉듯이 혼잣말처럼 해댑니다.
"에그 스님, 추운데 애 쓰시오. 하지만 이댁에서는 아무리 지성껏 염불을 해도 소용없을 거니까 다른 데로나 가보시오."

"이렇게 큰 댁에서 중을 쫓다니 말이나 됩니까, 시주야 주시든 말든 염불은 소승의 소임이니 가만 내버려나 둬주시오."

"시주가 문제 아니오, 이댁 어른이 중 싫어하기를 벌레처럼 여기는 터이니 공연히 욕 보실까봐하는 말이오. 전에 다녀간 스님네도 몸 성히 왔다간 예가 없으니, 매라도 얻어 맞으면 무엇이 유익하겠소? 자, 어서 떠나가오."

"거 누가 대문 밖에서 두런두런하고 있느냐?"

"에그—자, 봐요 심술이 저 지경이면 도움될 것이 뭐가 있겠소, 나 해로운 말 안합니다."

"그러나 이왕 예까지 온 걸음이니 주인 어른을 한번 뵙기만이라도 하고 싶구려."

"아직두 떠들어, 거 누구야?"

"객승이 귀한 댁에 시주 좀 합시라구 들렀습니다."

"뭐? 중놈이 왔어? 너는 소문도 못들었니? 중놈 쳐 놓고 내 집에 왔다가 무사히 돌아간 놈 있는 줄 아느냐, 심심하던 참이니 너 맞좀 보여 줄까? 바랑, 목탁, 모조리 결단 나지 않겠으면 냉큼 물러 가거라."

"부처님의 복을 힘입어 잘 지내시는 형세이면 갚기도 해야 하지 않습니까?"

"아따 이놈 봐라, 나를 타이를 셈이냐, 시비를 하자느냐. 잘 사는 거야 내 복이지, 부처하구 무슨 상관이냐 말이다."

동지 팥죽 101

"상관이 있습니다. 인간의 길흉화복이 오로지 부처님의 처분이 십니다."

"그렇다니 말 좀 물어보자. 나더러 무얼 어쩌라는 거냐?"

"소승의 절이 퇴락하여 법당이 비, 바람을 막기가 어려운 중에 이번에 중건을 하기로 했사오니, 좌수 어른께서는 황금 천량만을 시주합시오."

"그놈 배짱 한번 두둑하다, 천량이 뉘집 아이 이름이냐, 성큼 물러나게."

"그저 주시라는게 아닙니다, 적선하신 댁에는 경사가 따르게 마련이거니와, 소승이 돌아가 당대 발복(當代發福)을 축원해 드리면 만사형통하게 되시리다."

"복도 싫고 형통도 소용없다. 이만 했으면 족하지, 예서 더 바랄 게 무어겠소."

"소승이 보압기로는, 이 댁의 가운이 진해서 흉조가 있을 것입니다."

"그놈 수작 한번 맹랑하다. 네가 능히 앞 일을 안다는 거냐."

"짐작은 합니다."

"그렇다면 들어보자, 앞일도 말이다. 지금 당장 어떤 형편인지나 말해봐라."

"예—아뢰오리다. 북당에 80노모 긴병 앓아 누워 계시고 슬하에 삼대 독자 있어, 근자에 고약한 행패가 무수하겠습니다."

"흥, 제법 뭣좀 알기는 아는구나. 하지만 인간의 빈부와 귀천이 하늘에 매인 것으로 타고난 운수 소관인데 시주로 한번 잘 된다니 맹랑하고 가소롭구나, 돈만 낸다구 만사가 뜻과 같이 될 양이면 거지가 왜 생기고 병쟁이는 어째서 있다더냐, 네 정녕 선견지명이 있다면 어디 내 관상이나 한번 봐라."

"예, 좌수님 관용 찰색을 하니……."

"가만, 아까부터 좌수님 좌수님 하는데 내가 좌수 한자리 한줄은 네가 어찌 아느냐?"

"그도 모르고서야 부처님을 모신 불제자라 하겠습니까. 물어 주신대로 좌수님 운세를 말씀 드리겠습니다."

"음, 어서 말해 봐라."

"눈썹이 길고 미간이 넓으셔서 재물운은 두둑하나 자식복이 없으시겠고, 면상이 좁아서 남의 말은 안듣고 고집이 대단하겠으며, 손발이 작으므로 비명에 횡사하실 운세십니다."

"아니, 이놈이 어디다 대고서 악담을 마구 하네. 가만 내버려두니 관두룩 뚫린 입이라구 함부로 지껄여두 무사할 줄 알았느냐. 남의 신수는 안다면서 네가 당장 당할 눈 앞의 일은 몰랐구나. 여봐라, 몽치야 깡쇠야 이리 냉큼 나오너라."

화가 독같이 난 옹좌수어른께서 목청을 돋구워 큰소리로

안을 향해 부릅니다. 몽치 깡쇠 지켜섰다는 듯이 냉큼 달려 나오며,

"네."

"좌수 마님, 불러 계시오니까."

"오냐."

"깡쇠도 여기 대령했습니다."

"너희 둘이서 이 중놈을 잡아들여 형틀에 높이 올려대구, 사정두지 말고 곤장 30도를 매우 쳐서 내쫓아라."

"그만 하면 되겠습니까?"

"불에 달군 화젓가락으로 귀에 구멍을 뚫구 발바닥에 단근질을 내치어라."

"아이구 옹좌수 아저씨, 이럴 수도 있소? 내 얼굴을 자세히 보시오, 지금은 중이로되 곱돌이 친구 떰치요."

"오, 네놈 마침 잘 왔다. 네 발루 걸어 와서 내 손에 걸려들었구나, 전에는 내 아들을 꼬여 내서 중을 만들려다가 안되니까 몹쓸 귀신 불어 넣어 개망나니를 만들더니만, 이번엔 또 무슨 억하 심정으루 우리 집안을 망쳐 놓으려고 찾아왔느냐. 또 우리 곱돌일 꾀어 내려구? 안되지 안돼, 몽치야 깡쇠야 그놈 단단히 혼을 내놔야 한다."

"예…… 가자, 요놈, 내 이름이 왜 몽친지나 아니? 사람 잘 친대서 몽치다."

"이거 놔, 이 손 놓으란 말이다."

"네놈이 바둥댄다구 면할듯 싶으냐, 에—라 이놈."

하더니 인정사정 두지 않고 후려칩니다. 어이 없이 한대 얻어 맞은 떰치가 달려들려는데 힘이 장사인 깡쇠한테 당해 낼 도리가 없습니다. 이 모양을 본 춘단이가 다급해져서 달려갑니다.

"앗—왜 때려, 옷 찢어진다, 이거 놔라."

좀은 곱살궂게 굴어 보내 들일 것 같지가 않습니다.

"서방님…… 서방님…… 큰일 났어요."

"왜 그러니, 춘단아."

호들갑스럽게 덤비며 달려오는 소리에 미닫이 문을 열며 내다보는 서방님을 향해 가쁜 숨을 몰아쉬며,

"떰치 도련님이 우리 집엘 왔다가 나으리 마님께 붙들려 가지구, 뒷마당에서 욕을 당하고 있어요."

"무엇이라구? 앞서라 가자."

뒤뜰에 가까울수록 곤장 치는 소리가 크게 들려옵니다. 장사, 몽치와 깡쇠가 겨끔내기로 힘 자랑이나 하듯이 패기 시작합니다. 떰치의 신음소리가 비명으로까지 들립니다. 왜 걸음이 이리도 더딘지 야속하기만 합니다. 숨은 더욱더 차지고,

"이게 무슨 짓들이야 비켜라, 물러들 서."

"왜 그러세요, 서방님."

"왜 그러나마나, 이게 무슨 일이냐?"

"나으리 마님 분부셔요."

"너희가 사람이냐? 세상에 원, 이런 참혹한 짓을……."

"공연스리 나서지 마셔요, 나으리 마님께서 아시면 서방님까지 무사하지 않을 거요."

"듣기 싫다 이놈들. 그 곤장 이리 내라, 에잇 에잇."

홧김에 후려칩니다. 있는 힘을 다해 깡쇠와 몽치는 얻어맞으며 쫓겨 갔습니다.

"춘단아, 그 오랏줄을 끌러라, 그리고 약을 빨리."

"네."

"떰치야, 정신차려 어깨를 짚어라…… 춘단아, 나를 거들어서 작은 사랑으로 모셔."

한숨 돌리며 사랑으로 데려다 놓고,

"떰치야, 이걸 좀 마셔."

"음……."

괴로운듯 간신히 눈을 뜨고 쳐다 보더니 겨우 정신을 차리는지 한 모금 받아 마십니다.

"정신이 좀 나니?"

"여기가 어디야? 너, 너는 곱돌이……."

"나를 알아 보는구나, 이젠 안심해라. 걱정하지 않아도 좋아."

"고맙다…… 곱돌아."

"미안해, 이 지경이 됐으니 왜 나를 찾지 않구서 어쩌다가 이렇게 됐니?"

"처음부터 오구 싶지 않았는데 주지 스님께서 자꾸만 가 보라구 하셔서……."

"상처가 몹시 아프지?"

"응, 좀 쑤셔."

"좀이 뭐야? 이렇게 많이 다쳤는데."

"아—아…… 날 좀 일으켜 줘."

"왜 그러니?"

"빨리 돌아가야 하니까."

"말두 안된다. 그 몸을 해 가지구 가긴 어딜 간다구."

"안 갈 수 없어, 주지 스님이 기다리고 계시니까."

"아무리 기다리셔두 길을 떠나는건 무리야. 더구나 발바닥에 화상까지 입었으면서—."

"곱돌아, 고맙다."

눈물이 목을 메이게 하는지 말을 못합니다. 이걸 본 곱돌이는 치가 부르르 떨리기까지 합니다. 어쩌면 이다지도 야속한 마음은 아버지 옹고집에게로 몰려갑니다.

"고맙긴, 내가 도리어 미안스럽다."

"난 떠나지 않으면 안된다."

"가까운 거리가 아닌데다가 날씨까지 이렇게 춥지 않니? 그러나 그뿐이니? 죽지 않은 것만도 다행이다."

"차라리 죽었으면 좋았을걸."

"그런 말이 어디 있어? 마음 턱 놓구 여기에 며칠 묵으면서 상처가 다 낫기를 기다리는거다."
"그러구는 싶지만 만일 우리 집에서 알게 되면 데리러 올 게 아니니?"
"알리지 않겠지만, 알면 못 쓰니?"
"안돼, 나는 나대루 있지만 옛날의 내가 아니야. 이미 승적에 든 몸이니까, 아이구……."
 몽치가 씩씩대고 기세등등하게 달려오며 서방님을 황급히 불러댑니다.
"서방님."
"왜그래?"
"큰 사랑에서 좀 보자시는댑쇼."
"아버지가?"
"예, 벌써부터 불러 계시와요."
"알았다, 곧 갈게."
"아마, 내 일 때문에 부르실거다."
"다른 걱정 말구 가만히 누워있어, 내 얼른 다녀올게."
"음."
"움직이면 안돼. 꼼짝 말아야 한다. 내가 올 때까지."
"알았어."
 곱돌이는 못을 박듯이 다짐을 두고서야 미닫이 문을 열고 큰 사랑 쪽으로 나갔습니다.

"아버지 부르셨어요?"
화가 독같이 난 아버지가 기세 불온하게 덤벼들듯이,
"오냐, 불렀다 들어오너라."
"네."
"게 좀 앉거라."
"네."
"너는 이 애비가 하는 일이 마땅치 않으냐?"
"마땅치 않아요."
"무엇이? 매사가 다?"
"그래요."
"그러면 네가 하는 일은 잘하는 일들이냐?"
"잘하는 일두 없지만 못하는 것두 없어요."
"애비 앞에 죄지은 놈을 작은 사랑에 끌어들여서 약 써주고 음식 먹이고 했는데도 잘못이 아니야? 나라 법에도 역적을 두둔하면 호역죄가 된다."
"떰치가 역적인가요?"
"역적보다 더 나쁜 놈이야."
"어째서 그래요?"
"생각해 봐라. 하나 밖에 없는 너를 꼬여 내려고 했어."
"제가 남의 꼬임수에나 빠질 못난이던가요?"
"못난이다, 너같은 못난이가 세상에 또 있을까? 부잣집 아들이 싫어서 중이 되려구는 놈이 못난이 아니면 그럼 뭐냐?"

"그게 누구 탓이었는데요."

"누구 탓은 누구탓이야, 그 중놈의 탓이지…… 그 뿐이 아니야? 내가 너를 붙들어 오니깐두루 무슨 조화를 부렸는지 몹쓸 놈으로 만들어 놓았단 말이야."

"아버지 눈에도 제가 하는 일이 몹쓸 짓으로 보이세요?"

"나를 눈이 먼 청맹과니로 아니? 너는 네 행실을 몰라?"

"자식의 비행은 눈에 보이면서, 어째 아버지 자신은 반성할 줄 모르세요?"

"야 이거, 세상이 거꾸로 돼간다. 네가 나를 훈계하려고 해?"

"무어라구 하셔두 좋아요. 지금까지의 버릇을 끝내 고치지 않고 그대로 가시다가는 반드시 천벌을 받고 말 거예요."

"아따 넌 애비가 천벌 받기를 바라고 있니?"

"바라지 않더라도 꼭 온다구요."

"천벌이 무슨 쥐뿔같은 천벌이냐. 나 그런거 안 받을테니 두고 봐라. 그나저나, 그 중놈의 아이 당장 내쫓지 않으면 이번엔 너까지 몰아 내겠다."

"떰치를 내 쫓으면 몰아내지 않으셔도 저까지 따라 가겠어요."

"아니, 이 자식이 내 앞에서 한다는 소리가…… 맘대로 해라 썩 나가거라."

"나갈 테예요."

옥신각신하더니 급기야는 부자간에 언성이 높아지고, 곱돌이가 뛰쳐나가 버리며 미닫이 문이 화닥닥 여닫깁니다.

"저게 어쩔려고 저 모양이야."

곱돌이가 달려와서 떰치가 있는 작은 사랑에 와 닿았습니다. 문을 황급히 연 곱돌이는 두리번거리며 떰치를 찾습니다.

"떰치야…… 어어 애가 어딜 갔어? 떰치야!"

큰소리로 불러보는데도 아무 소리가 없습니다. 그런데 미닫이 문이 홱 열리더니만 돌쇠가 하는 말이,

"서방님— 누굴 찾으시오?"

"아, 돌쇠…… 떰치 못 봤어?"

"서방님이 큰사랑에 불려 나가 계신 사이에 깡쇠가 끌어내가던데요."

"뭐? 그게 계획적이었구나. 돌쇠야 빨리 떰치가 있는 곳을 알아와. 나두 찾아 볼게."

"예."

"떰치야……떰치야……."

바람소리가 유난히 윙윙거립니다. 차가운 기운이 옷속을 파고 듭니다.

"아—몽치야 너 어디 갔다오니?"

"서방님이시군요, 슬―슬 마을돌이 좀 하고 오는 길입니다요."

"거짓말. 떰치를 어디다 감춰놨어? 바른대로 말해봐."

"떰치요? 본 일두 없습니다요."

"돌쇠 말이 너하고 깡쇠가 끌어내 가더라고 하던데도."

"그 늙은이 망령이 났나보우. 난 몰라요."

"너 이자식."

힘껏 때리는데도 꼼짝 못하고 매를 맞으면서 대꾸하는 소리가,

"앗 왜 때려요?"

"에잇…… 에잇."

계속해서 때리며 다구칩니다. 이실직고 하라고 몹시 때릴 기세입니다.

"빨리 말해라. 끝까지 숨기면 내 손에 죽을줄 알어."

"암만 나를 족쳐도 모르는 건 모르는 거예요."

곱돌이는 어르고 달래려는지 화를 삭이면서 부드럽게 타이르기 시작합니다.

"몽치야, 이렇게 아니라 나하구 의논 좀 하자. 떰치 있는 곳을 말하면 앞으로 내가 네 편이 되고 사례도 두둑히 하련다. 자, 어때?"

"말씀은 고마워도 알지 못하는 걸 어떻게 말씀 드려요?"

"에잇, 고집스러운 놈 고만 둬라."

화를 속으로 삭이며 어쩔줄 몰라 안절부절하고 있는 데, 태석이가 나타났다. 반갑기도 하고 어째 의논이라도 될것만 같아서 후딱 한다는 소리가,

"태석아, 떰치가 왔다."

"그래, 지금 어디 있어?"

"그걸 알 수가 없다."

"싱겁기는, 있는델 모르면 안 온거나 다름 없게?"

"그렇지 않아. 실상은 말이다……."

하고는 자초지종을 얘기하고는 크게 걱정을 하면서,

"……이렇게 돼서 지금 행방을 알 수 없는 거다. 그래서 네 힘을 좀 빌리려고 한다."

"물론 나도 나서야겠지만 아직 다리를 잘 쓰지 못하니 어떡하면 좋겠니."

"네가 직접 나서지는 못하더라도 글방 애들에게 부탁해서 사방으로 수소문을 해다오, 나는 우리집 하인배를 한편 족치구 또 구슬러서 알아보기로 하겠다."

"알았어, 빨리 서둘러야지 우리가 찾아다니는 동안에 굶어서두 죽구 얼어서두 죽기 쉽다."

"그러나 걱정이야. 매맞은 상처두 가벼운게 아니야."

"어쩌면 종놈들이 벌써 요절을 내놓은거 아니니?"

"그런지도 모르지."

"다행히 아직 살아 있다면 어디에 있을까 짐작이 안가니?"

동지 팥죽 113

"도무지 종잡을 수가 없어."
"마음에 집히는데두 없구?"
"응, 적어도 우리집 울타리 안은 아니야. 어디 딴 곳에 숨겨둔게 분명해."

뒷뜰에서는 몽치가 돌쇠에게 해 댑니다. 같은 처지이면서 한편이 돼 주지 않는 게 얄미운것 같습니다.
"이것 봐요 돌쇠, 나이깨나 먹은 이가 주책없이 입이 왜 그렇게 헤프우?"
"내가 뭐랬게?"
"그럼 아무 말두 지껄이지 않았는데 내가 이렇게 맞았을 듯 싶으우? 떰치를 내가 데려갔다구 고자질을 했다면서요?"
"그 말은 내가 했어. 사실을 사실대루 말한 것도 잘못인가."
"잘못이지요. 사실이라고 다 말하면 쓰우? 노인네가 점잖치 못하게시리 그게 뭐유?"
"몽치야 너두 생각해 봐라, 떰치에게 무슨 잘못이 있니?"
"그럼 내게 죄가 있소? 팔자가 기박해서 남의 집에 종살이 하는 죄 밖엔 없어요. 종놈 주제가 상전의 분부를 거행하는 것도 죄요?"
"내 말은 그게 아니야. 서방님두 상전은 상전 아니야?"
"상전두 상전 나름이요, 좌수 나으리에게 미운 털이 박히면 당장 쫓겨나 창자에서 꾀꼬리 울음소릴 듣게 되우."
"그렇다구 불쌍한 애 죽일 작정이냐?"
"죽이긴 누가 죽여요? 죽는 것두 제 팔자요."
"에이, 말 못할 녀석이군."
"말 못할건 돌쇠 바루 임자요, 언제부터 속에 부처님이 들어 앉아서 갑자기 대자 대비해졌소. 서방님 손에 상투까지 잘리고도 우리네 다 저버리구 비굴하게 알랑거려야 하우? 늙은이인체 하고서 가만 있지 않으면 그냥 두지 않을테요."
"그냥두지 않으면 어쩔래?"
"박살을 내버리겠소."
"아 저놈이 나중엔 못하는 소리가 다 없어, 천벌을 면하구 제명에 곱게 죽으려거든 이제라도 마음 고쳐먹고 못된 짓 작작하라구."
"몽치야, 너 여기 있었구나."
"보면 모르니?"
"남은 얼마나 찾았다구 여기서 뭘 하구 있었니?"
"보면 몰라? 돌쇠 늙은이하고 얘기하고 있었다."
"빨리 큰사랑에 가봐. 나으리 마님께서 아까부터 너를 부르고 계시다."
"그래? 알았다."
 가슴이 덜컹하지만 또 야단 맞을 일은 설마하니 아니겠지 하며 달려갑니다.

"마님 불러 계십니까?"

옹고집은 화를 발끈 내시면서,

"임마, 부르지 않아도 심부름을 다녀왔으면 보고를 해야지?"

"그럴려고 하는데 돌쇠 늙은이에게 붙들려서 그만 늦었습니다요."

"돌쇠가 뭐라기에?"

"소인이 떰치를 업고 갔다고 서방님께 까바치구선 되려 뭘 잘했다구 떰치를 욕뵈지 말라구 하지 않겠습니까요?"

"저런 능지 처참을 헐 놈봤나, 그래서."

"박살을 내놓겠다고 을러뗐읍죠."

"그거 잘 했다."

"이것 좀 봅쇼."

"얼굴이 왜 퉁퉁 부어 올랐어?"

"돌쇠의 고자질을 들은 서방님에게 손찌검을 당했습니다요?"

"그거 안 됐구나. 그런데 갔던 일은 잘 하구 왔지?"

"네, 분부대루 거행했습니다."

"아예 처치해 버리고 올걸 그랬다."

"그렇게 까지 할건 없지 않습니까요?"

"있어. 만약에 떰치네 집에서 소문을 들어 봐라. 당장 달려와서 시끄럽게 굴거야."

"처치하지 않고서 그냥 버려두더라도 며칠 안에 저절로 죽습니다요."

"그래도 또 모른다. 살아날지도."

"그럴리 없습니다요."

"내일 아침 일찍이 날이 새기전에 아무도 모르게 가보고 오너라. 죽었으면 묻어 버려야 하니까."

"네, 그렇게 하겠습니다요."

긴긴밤이 지나고 이윽고 아침이 오는가 봅니다. 여기 저기 닭우는 소리, 개 짖는 소리가 들립니다. 그런데 숨을 가쁘게 몰아쉬며 춘단이가 서방님 방 앞에 닿았습니다.

"서방님…… 서방님 기침하셨어요?"

"춘단이냐? 뭐야, 이 새벽에."

"이리 좀 나와 보셔요."

"거기서 말해라."

"은밀히 여쭤야할 말씀인 것두요?"

"오냐, 들어 온……무슨 일인데 또 호들갑이냐?"

"떰치가 있는데를 알아냈어요."

"뭐? 알았어? 어디야? 어떻게 알았어?"

"쉰네를 따라 오셔요. 안내해 드리겠어요."

"그래라, 가자 어서."

새벽 바람이 차겹습니다. 춘단이 뒤를 따르는 발걸음이 느리기만해서 안타깝습니다.

동지 팥죽

"춘단아, 아직 멀었니?"
"조금만 더 가면 돼요."
"길이 꽤 멀구나."
"이 산모통이만 지나면 보이는걸요."
"네가 용케두 알아냈다. 공이 크다."
"뭘요, 호호호. 아침에 물을 길으려고 일어났더니 몽치가 부시럭대면서 어디론가 나가질 않겠어요? 그래서 수상하게 여기구 뒤를 밟았지 뭐예요, 예까지 오는데 어찌나 추운지 혼났어요."
"애 많이 썼다. 들키지 않은 것만도 다행이다."
"자꾸만 뒤를 돌아다 보데요만 어두우니까 보여요? 호호호…… 아, 저기 있잖아요? 산기슭에 집 한채가…… 저게 광이에요."
"저런데에 광이 있을 줄은 또 몰랐네. 저것도 우리 껀가?"
"잘은 모르지만 아마 그런가봐요."
"떰치가 아직 무사할지 어떨지가 걱정이다. 내가 먼저 달려갈테니 뒤 따라와."
"네, 어서 가보셔요."
달려 가는 소리와 함께 다급하게 불러 봅니다.
"떰치야……떰치 안에 있니?……내 말이 안 들려?"
곱돌이는 광문을 잡고 마구 흔들어 댑니다.
"떰치야 대답해. 내가 왔다. 곱돌이야."

숨이 가쁘게 뒤 따라온 춘단이가 다구치듯 묻습니다.
"서방님, 어떻게 됐어요?"
"대답이 없어. 안에 없는게 아닐까?"
"아니에요. 분명히 있어요. 몽치가 들어가 보구 나오던 걸요."
"혹시나 몽치녀석이 어떻게 한건 아닐까?"
"그런지도 모르죠."
"쇠가 잠겼으니 열쇠가 있어야 들어가보지."
주먹으로 마구 문을 두드리며 안타까워서 어쩔 줄 모르다가,
"떰치야 말해라. 있는 거냐, 없는 거냐?"
"서방님 저 위에 쇠창살이 박힌 창이 있어요. 올라가서 넘겨다 보셔요."
"올라갈 수가 있어야지."
"제 어깨를 밟구 서서 들여다 보셔요."
"글쎄."
"우물쭈물하고 있을 수 없잖아요. 자, 빨리요."
"그럴까?"
"사양할 거 없어요. 아주 목말을 타세요. 제가 일어설 때 창살에 손만 닿으면 그때는 어깨를 밟고 올라서셔요."
"알았다, 그럼."
있는 힘을 다 쓰며 기운을 쓰지만 역부족으로 일어날 수가 없습니다.

"끙, 아이 무거워라. 일어설 수가 없네요. 아이구, 아이구."
"안 되겠다. 교대하자 네가 내 목말을 타라."
"아이 어떡해요, 황송해서."
"춘단아, 그러고 있을 겨를이 없다. 사람이 죽느냐 사느냐 하는 판인데 어서 타라."
"그럼, 실례합니다."
"음—보이니?"
"안이 어두워서 잘 안보여요."
"불러봐."
"예, 떔치…… 떔치…… 대답이 없어요. 아, 뭐가 있어요. 사람 같아요. 아이 무서워."
"분명히 있니?"
"네, 있어요."
"조금 움직였어요. 꿈틀거리네요."
"그럼 됐다. 내려 오너라."
"네, 하나 둘 셋."
하며 어깨위에서 뛰어내렸습니다.
"춘단아, 단단하고 커다란 돌멩이 하나 주워 오너라. 자물쇠를 두들겨서 깨뜨려야겠다."
"네."
돌로 쇠를 두들겨서 깨보려고 하나 쉽지 않고 간혹 바람소리만 스산해 보입니다.

"떰치야, 죽지 말고 살아 있어야 한다. 기다려다오. 조금만 더하면 열리겠어."

"아이 안타깝네요. 서방님 제가 좀 해볼까요?"

"가만있어 봐라. 다 돼간다."

열심히 기운을 쓰면서 두드려뒀더니 기여코 쇠가 나가 떨어졌습니다.

"열었다."

"어머나."

광문을 삐꺽하고 열고 들어서매 당장,

"떰치야…… 무사하니? 정신차려."

"음……."

"아직 살아 있었구나. 천만다행이다."

"물…… 나…… 물좀……."

"물? 물이 여기는 없다. 그렇지만 집에 가면 있다. 등에 업혀. 춘단아, 좀 부축해라."

"네."

비틀거리며 떰치를 등에 업은 곱돌이가 광문을 나섰습니다.

"서방님, 댁으로 돌아가시면 또 야단이 나는거 아닙니까."

"집으로는 안가. 태석이 한테로 가는거다. 빨리 좀 앞서거라."

앞서거니 뒤서거니 걸음을 재촉하며 새벽 산을 내려옵니다.

구출작전

"무엇이? 저런 미련한 놈 봤나. 누가 너더러 보고만 오라던? 요절을 내고 오랬지."

"요절을 내나마나, 벌써 뻗어 있던 걸입쇼."

"그래서 그냥두고 왔단 말이냐?"

"네, 자물쇠로 단단히 걸어 잠그고 왔습니다요."

"이녀석아, 죽었으면 땅을 파고서 묻어놓고 와야지 그냥 돌아오면 어떡해?"

"그럴 요량이었지만서도 연장이 없는 데다가 땅이 꽁꽁 얼어 붙어서 흙을 파낼 수가 있어야죠."

"에그, 답답해라. 곡괭이랑 삽이랑 연장을 차려 갖고 다시 가서 이번에는 틀림없이 묻어 버리고 오너라."

"네."
"일을 낭패 없이 잘 해야한다. 관가에서 아는 날엔 큰일 나요."
"알겠습니다요."
"아무도 모르게시리 조심히 다녀와야 한다."
"네, 그럼 갔다 옵니다요."
 무슨 일이 벌어졌는지도 모르는 몽치가 언덕을 숨을 몰아쉬며 오르고 있습니다.
 겨우 떰치를 등에 업고 간신히 내려온 곱돌이가,
"떰치야, 기운이 좀 나니?"
"음, 이젠 살아났어, 꼭 죽는줄만 알았는데."
"찬 물수건 더 짜댈까."
"나하고 교대하자 이젠 내가 할께."
"괜찮어."
 물 한 모금으로 목을 축이고 이젠 살았구나 하고 맘을 놓은 떰치는 몸을 부르르 떨면서,
"곱돌아, 태석아, 너희들 은혜는 내 평생 잊지 않는다. 생명의 은인이야."
"진짜 생명의 은인은 우리가 아니라 춘단이다."
"춘단이, 고마워. 내 이 은혜는 꼭 갚을게."
"별 소리가 다 많아. 그런거 보통이지 뭐."
"떰치야, 너네 집에 연락할까?"

"싫어, 그건 안돼."
"이러구도 다시 절간으로 돌아갈 셈이니?"
"음, 가야해. 부모님이 나를 꼭 절로 보내시려는건 아니었는데 내가 구차한 형편을 알고 자청해서 떠났던 거야. 그런데 이제 무슨 면목으로 이 꼴이 돼가지고 부모님을 만나 뵙니? 거듭거듭 불효만 저지르는 폭이 되는 거지."
"떰치야, 지금은 아무것도 생각하지 않는게 좋겠다. 한잠 더 푹 자라."
"음, 얼었던 몸이 녹았는데다가 시장한 김에 미음을 두 그릇이나 먹었더니 식곤증이 나나보다."
"그러니까 자야 해. 춘단아 고생 많이 했다. 너 먼저 집으로 가라."
"네."
"어른들이 물으셔도 입을 꼭 봉해야 한다. 더구나 떰치가 태석이네 집에 와있는 일은 입 밖에 내면 안돼."
"제가 뭐 어린앱니까? 왜 철없이 그런 말을 하겠어요?"
"너 오늘 정말 수고했어. 일등 공신이다."
"뭘입쇼, 그까짓거, 그럼 먼저 실례합니다."
"잘가."
미닫이 여닫는 소리가 왜 그리 신경이 쓰이는지 모릅니다. 춘단이를 보내고 나니 또 새로운 불안이 몰려와 걱정입니다. 안절부절 궁리에 궁리를 거듭합니다.

"태석아, 이제는 우리 둘 뿐이니 얘기 좀 하자. 떰치를 어떻게 하면 좋을까."

"당분간 우리 집에 있게 해서 건강이 완전히 회복될 때까지 기다리는 거야."

"그동안도 위험하다. 우리 집에서 여기 있는걸 알아가지고 또 납치해 갈지 모르니까."

"그건 염려 없어. 내가 꼭 지키고 있을거니까. 내 다리도 아직 완쾌가 되지 않아서 움직일 수가 없는게 오히려 잘된 건지 모른다."

"하하하 병자 둘이서 같이 살게 되겠구나…… 다 나은 뒤에는 어떡하지?"

"그때는 떰치 마음이지 뭐. 절에 가면 가구 집에 가고 싶대면 돌려 보내는 거고, 그건 아직 나중 문제야. 당장은 빨리 회복을 시키는 거다."

"잘 좀 부탁한다. 우리 아버지 때문에 폐를 끼치게 됐다."

태석은 펄쩍 뛰면서 별소리 다 한다는 식으로 야단입니다. 우선 떰치가 빨리 회복되는 것만이 큰 문제입니다.

집에서 그런 줄도 모르고 몽치가 떰치를 빨리 처치하고 돌아오기만을 눈이 빠지도록 기다리고 앉았는 옹좌수에게 몽치가 힘없이 돌아와서 고하는 말입니다.

"나으리 마님, 다녀왔습니다요."

기다렸다는 듯이 화닥닥 미닫이 문이 열리더니 채근이 성화같습니다.

"오, 내가 시킨대로 낭패 없이 잘 하고 왔니?"

"그게 말씀입니다요. 일이 좀 맹랑하게 됐습니다요."

"맹랑하게 되다니, 어떻게?"

"누가 그랬는지 배꼽 자물쇠가 열려 있고 안에 있던 시체가 사라져 버리지 않았겠습니까요."

"뭐가 어쩌구 어째? 그럼 달아난게 아니냐."

"그럴리 없습니다요. 떰치는 뻗어 있었고 쇠는 분명히 잠겨져 있었구……"

"이 병신 같은 놈아, 놓쳤구나 놓쳤어……"

"놓치긴입쇼, 죽은게 어떻게 달아나나요?"

"이거 큰일 났다. 그놈이 돌아 다니면서 소문을 퍼뜨리는 날엔 너도 나도 모두 결단 나."

"그럴까요? 에이 설마요. 소인도 잘 알지만 떰치는 그럴 애가 아닌 걸입쇼."

"어쩌면 그녀석이 제집에 가서 숨어 있는지도 모른다. 깡쇠나 그밖의 심복지인을 데리고서 떰치네 집은 물론이고, 어디거나 샅샅이 이잡듯이 뒤져서 쥐도 새도 모르게 붙들어 와야 한다 알았니."

"네."

"아이구 원, 이 일을 어쩌면 좋아."

땅을 치고 복통을 할 일입니다. 독안에 든 쥐를 쥐도 새도 모르게 없애버려 후환이 없게 하려 했는데 낭패치고는 큰 낭패입니다. 옹좌수는 화가 상투끝까지 올라서 어쩔줄 모릅니다.

상냥하고 알뜰한 며느리가 근심스런 표정으로 남편을 쳐다보면서,
"서방님."
"왜 그래, 색시."
"요즈음 어디엘 그렇게 부지런히 다니시오?"
"어디는 어디겠어? 글방에 다니지."
"분명히 글방엘 가십니까?"
"글방 아니고야 갈데가 있나."
"분명히 글방입니까."
"왜 이렇게 따지는 거야? 틀림 없대두."
"그래요? 하지만 글방에서 연락이 왔는걸요. 요사이 며칠 얼씬도 않는다구. 혹시 앓고 계신게 아니냐고."
"어? 그 그래?"
"어디서 무얼 하시든 상관없지만 걱정이 돼서 그럽니다."
"걱정할 것 하나도 없어, 언짢은 일을 하고 다니는 건 아니니까."
"아무리 그렇더라도 제가 좀 알면 못 쓰나요?"
"알아서 안될건 없지만 알 필요가 없어."

"서방님이 자취를 감추면 춘단이도 행방 불명이 되곤합니다. 무슨 까닭일까요?"

"그, 그런건 내가 알 수 없지."

"서방님, 바른대로 말씀하셔요. 무슨 사연인지 알아야겠어요."

"음……색시, 절대로 다른 사람에게 말 안 한다구 약속할 수 있어?"

"그야 서방님이 그러라시면 그렇게 할 밖에요."

"그럼 말할게. 실상은 말이야 떰치가 태석이네 집에 숨어서 치료를 받고 있어. 춘단이가 없어지는 것도 그 시중을 들러 다니니까 그런거야."

"그런 줄 짐작은 했습니다만, 역시 그렇군요. 그래 좀 어떤가요?"

"처음에는 목숨까지도 위태로웠는데, 이제는 많이 나았어."

"다행이군요."

사랑하는 아내에게 의심받으면서까지 지키려는 비밀은 아니였길래 행여 도움이라도 되나 싶어서 은근히 도란도란 나직히 누가 들을세라 들려 주었습니다.

"떰치를 안전한 곳으로 피신을 시킨 뒤에는 글방에도 잘 다닐거니까 염려 말어."

"부탁합니다."

"나도 부탁해. 이 말 입 밖에 내지 않을 것을 약속하지……."

"알겠습니다."

"그럼, 나 또 태석이 집에 가 봐야겠어."

"다녀 오십시오."

곱돌이는 이젠 마음이 후련합니다. 아내를 속이는 것 같아서 개운치가 않았는데, 오늘은 발걸음이 한결 가벼워진것 같습니다.

옹좌수는 불호령과 함께 미닫이 문이 홱 열리며 누구를 잡아 족칠것 같은 기세로.

"몽치야…… 몽치야, 몽치게 없니?"

"네, 여기 있습니다요."

"너, 게서 뭘하고 있는 거야?"

"보시다시피 좀 쉬고 있습니다요."

"임마 이자식 누가 너더러 놀고 먹으라든, 내가 이른 말은 까맣게 까먹구서."

"까먹긴입쇼, 떰치 말씀입죠?"

"그랴, 그걸 나한테 묻는 놈이 어디 있어?"

"여기 있습니다요."

"아따 이녀석이 누구 약을 올릴 셈인감, 그까짓거 하나 어째서 냉큼 잡아 들이지 못하니?"

"있어야 잡습죠?"

"있어. 있으니까 잡으라지."

"어디 있습니까요?"

"자 이런 복통을 할 일 봤나. 있는뎰 알면 내가 잡지 너를 시키겠니?"

"그럼 나으리 마님께서 잡으세요. 사양하실 거 조금도 없습니다요."

"사양은 누가 사양을 해. 잡는건 네 일이구 혼내는 건 내 일이야."

"사무 분담이 분명하군입쇼."

"그렇다, 내 소임이 한 가지 더 있다."

하더니 느닷없이 기운을 쓰며 후려칩니다.

"이렇게 너를 갈겨주는거다."

"아이쿠, 이렇게 사람을 땅땅 치실겁니까요?"

"그랴, 칠거다 에잇."

힘도 셉니다. 재차 치니까 정신이 얼떨떨해집니다.

"아이구, 나 죽네요."

"엄살 그만 떨고 빨리 나가서 떔치를 잡아라. 집구석에만 쳐박혀 있으면 그놈이 제발로 나타나 준다든?"

"나으리 마님…… 이래 보여도 할 일은 다하고 있습니다요."

"뭘했어, 한게 있어야지."

"왜 없습니깝쇼. 이 추운데 밤새껏 떔치네 집앞을 지켰습죠? 취암사 절로 깡쇠를 보냈습죠? 여기서 더 어떡하랍십니까요?"
"떰치네 집 형편은 어때?"
"여전히 가난합니다요."
"누가 그런걸 물었어? 떰치의 그림자도 못 봤단 말이냐?"
"나으리 마님도, 답답도 하시네. 본인이 있어야 그림자도 있습죠? 아무래도 쇤네 소견으로는, 벌써 죽었거나 어디로 멀리 줄행랑을 쳤을걸요."
"그렇지 않아, 죽은 놈도 달아나나? 분명히 누가 끌어 내서 어딘가에 감추어 두었다구, 샅샅이 뒤져서 꼭 찾아 내야 한다. 아니면 큰일나요."
"할만큼은 하고 있습니다요, 소인에게 맡겨 둬 주십시오."
옹좌수는 하는 수 없이 맥이 탁 풀리는지 미닫이 문을 닫으며 단념하는지…….
"너만 믿는다, 에—헴."

"태석아, 곱돌아, 너무 여러날 폐를 끼치게 돼서 정말 미안하다."
"그런 생각 조금도 말구, 어서 낫기나 해라."
"낫는거야 뭐 세월이 가면 저절로 낫게 마련이지만, 이 신세를 다 어떻게 갚으면 좋니? 꼭 죽을 목숨이 너희들 덕분에 살아났으니."
"떰치야 네가 그렇게 말하면 나는 쥐구멍에라도 들어가고 싶어진다. 근본은 모두가 우리 아버지 탓이니까, 나를 봐서 우리 아버지 죄를 용서해 다오."

"별 말이 다 많다. 이것이 인연이라면 그것도 인연이다. 상심할 것은 조금도 없어."

"그렇다면 묻겠는데, 춘단이하고는 어떤 인연이니?"

"모두 다 중생의 인연이지."

"하하하 슬쩍 꽁지를 빼는구나. 얼굴은 왜 빨개지니?"

"쓸데없는 소리 말어."

"하하하……하하하."

개 짖는 소리가 요란합니다.

"춘단아."

"아이 깜짝이야. 어디 숨었다가 갑자기 나타나니."

"여기서 너를 기다리고 있는 거야."

"나는 왜?"

"네가 보고 싶어서."

"애개개! 몽치야, 가까이 오지마."

"가까이는 안 간다마는, 말 좀 물어 보자."

"무슨 말?"

"너 그 손에 든 게 뭐니?"

"보면 몰라? 찬합이다."

"찬합 속에 담은건 뭐구?"

"별 걱정이 다 많다. 네가 참견할게 뭐냐?"

 빽 소리를 지르며 자못 위협조로 나옵니다. 그렇지만 찔끔했던 춘단이도 만일의 경우에는 대비했던 것 같습니다.

"참견할 만하니까 하는 거야."

"아이구머니나, 사람 놀래겠네."

"주제넘게 굴지마, 네까짓게 좋아서 이 추운데 행길에서 떨고 섰는 줄 아니? 적어도 나으리 마님 분부로 길 골목을 지키고 있는 거야, 바른대로 말해!"

"무, 무슨 말?"

"너 지금 뭘 하러 가니?"

"서방님을 만나러."

"어디로?"

"글, 글방, 아씨 마님께서 따뜻한 점심 진지 갖다드리고 오래서……."

"거짓말 마아, 글방으루 가는 길은 여기가 아니야, 이건 구불촌으로 통하는 길이지."

 이왕 내킨 김이니 배짱도 생겨서 아랫배에 힘을 주니까, 주저주저해지지도 않는다.

"흥, 알면 됐구나. 남이야 어딜 가든 웬 걱정? 비켜서라 애, 죽지않겠으면."

 그 기세에 움칠하며 비켜섭니다. 어마지두에 그 호기에 눌린 겁니다.

"어—? 이게 바로."

"아직도 안 비킬거야?"

"어—어—어"

하며 여자의 독살스러운 뱃장에 한대 맞은듯 얼떨결에 어이가 없어 하면서 쳐다보기만 합니다.

"따라만 와봐라, 가만두지 않을테니."

"저게 정말, 춘단아."

째려보는 춘단이를 향해 크게 소리를 지르지만 아랑곳 않는 기세에,

"듣기 싫어, 흥—"

뒤도 돌아보지 않고 잽싸게 내달아보는 서슬에 동네 개가 모두 짓어댑니다. 숨이 턱에 닿아 가쁘게 몰아쉬며 뛰어 오는 소리에 미닫이 문이 열립니다.

"서방님……서방님……떰치."

"춘단이냐, 수고한다. 들어와라."

"네."

"어서 와. 추운데 애 많이 써."

"아니야, 그 보다도 오늘은 좀 어때?"

"많이 나았어, 춘단이 덕분이야."

"별말을 다."

"그런데 춘단아, 왜 이렇게 늦었니?"

"글쎄 말입니다. 서방님, 이리루 오는 길에 몽치를 만났지

뭡니까?"

"몽치를? 그 녀석이 어딜 간대."

"가는게 아니라요, 쇤네를 붙잡으려구 길목을 지키고 있던 거예요."

"춘단이를 붙잡어? 왜?"

"그야 뻔하죠. 뭣하러 어디를 가느냐고 실랑이를 걸어 오지 않겠어요?"

"그래서."

"서방님을 뵈러 간다구 했더니만, 미주알 고주알 꼬치꼬치……"

"저런, 몽치가 무슨 눈치를 챈것 같다."

"예, 아무래도 냄새를 맡았나봐요."
"흠! 그렇다면 우리 집도 안전한 곳이 못 되겠는데."
 걱정을 하면서도 따뜻하게 싸 가지고 온 음식을 권해야지 하면서 찬합을 열었습니다. 맛있는 냄새가 코를 찌릅니다.
"저어, 이것 좀 들어보셔요. 아씨마님이 손수 싸주신 음식이어요."
"야―먹자, 떰치두."
"난, 고기 음식은 안 먹어."
"참, 그렇구나. 하하하."
 맛있게 마구 먹어대다가 문득 생각이 난듯 심각해지더니 곱돌이가,
"지금 이러고 있을 때가 아니야. 아무래도 일이 심상치 않은 것 같아. 춘단아, 네 뒤를 누가 밟은 사람이 없니?"
"그런 건 없었어요."
"그래도 또 몰라, 애들아, 나 먼저 실례한다. 가서 좀 알아봐야겠어."
 곱돌이는 마구 뛰어 나와, 동네 어귀에 다다르니 바람이 매우 찹니다. 그런데 웬 개들은 그리도 짖어 대는지."
"음, 몽치야. 너 여기서 뭘 하고 있니?"
"서방님을 모시고 가려구, 기다리고 있었읍죠."
"뭐? 내가 어디에 있는 줄을 알고?"
"헤헤헤, 왜 모릅니까요. 춘단이가 갖다 드린 찬합, 잘 잡

수셨어요?"

"잘 먹었다?"

"떰치두요?"

"어? 어 무슨 말을 하고 있니?"

"헤헤헤 서방님, 왜 이러십니까요. 몽치는 이날 이때까지, 눈칫밥으로만 잔뼈가 굵었습니다요. 척하면 삼천리지요. 안 그렇습니까요? 헤헤헤."

밤이 깊었습니다. 어둠을 헤치고 간간히 들려오는 바람소리를 타고 엿장수의 처량한 소리가 가락에 맞춰서 들려옵니다.

"후추 양념에—밤—엿, —에—밤—엿."

"휘유."

긴 한숨을 내뿜는 서방님의 괴로운 심사를 헤아리기나 하듯이 며느리도 잠이 안 와서 이리저리 뒤척이며 전전반측 잠 못 이루는데,

"어머나, 서방님 왜 잠을 못 주무셔요?"

"졸리지가 않아서 그래, 색시나 자."

"무슨 근심이라두 있으신거 아니셔요?"

"근심이라면 근심이지만, 별것두 아니야 걱정 말어."

"걱정이 어째서 안됩니까. 혹시나 떰치도령 때문이 아니십니까."

"바로 그거야. 색시는 용케도 아는군."
"서방님이 가끔 잠꼬대를 하시는걸요."
"뭐라구?"
"떰치 떰치 하시구요."
"꿈에서까지 염려가 되나 보지."
"무슨 일이 생겼어요?"
"음, 아버지 분부로 하인들이 떨쳐 나서 백방으로 떰치의 거처를 수소문하고 있는 거야."
"그건 알고 있습니다마는."
"그랬는데 내가 아까 태석이 집을 나오다가 몽치를 만났어, 춘단이도 만났대."
"들었습니다."
"그런걸 보면 뭔가 좀 알았는것 같아."
"그야 뭐 좁은 고장인데 알려고만 들면 모르겠어요."
"그러니 걱정이 안돼? 이번에 또 한 번 떰치가 붙들려만 봐, 아버지가 가만 안 두실거야. 반드시 없애고야 말지."
"틀림없어요. 어떡하면 좋죠."
"그걸 궁리하고 있는 중인데, 쥐도 새도 모르게 취암사로 돌려 보내는게 제일 상책이겠어."
"떰치도령이 이제는 걸음을 걸을 수 있나요?"
"그게 자신이 없어, 워낙 멀고 험한 길이라서. 그래서 생각인데, 내가 말을 타고 나갔다가 떰치를 태운 뒤 내가 경마를 잡구서 절까지 데려다 주고 오면 어떨까 하는데."
"하지만 완전히 회복되지 않은 환자에게는 찬바람이 몸에 해로울 거예요. 게다가 동네에서는 다 떰치 얼굴을 아는데 바로 들키지 않기가 어디 쉽겠어요?"
"나도 그 점을 염려하고 있는 거야."
"옳지 좋은 수가 있어요."
"무슨 수?"
"바람도 안 쏘이고 본색도 드러나지 않을 방법이요. 저어 다름이 아니구요, 가마에다 태워 가지고 가는 거예요."
"그거 괜찮군. 그렇지만 교군꾼을 얻을 수가 있어야지."
"사린교만 세를 얻고 교군꾼은 돌쇠를 시키면 돼요."
"앞채는 그런다 하고, 뒷채는 누가 메지."
"그것도 그렇군요."
"됐어! 내가 메면 돼."
"서방님이요? 이 추운데 뭣하러 그 고생을……."
"교군을 메면 오히려 땀이 날거야. 그거 됐어."
"하지만 서방님이 어떻게 그 천한 일을……."
"아버지의 잘못을 내가 대신 속죄하는 셈만 치면 돼."
"그것두 어려울거예요. 마을 사람들이 서방님을 몰라야지요."
"그야 돌쇠도 마찬가지지. 그러니까 수건으로 질끈 동여매서 얼굴을 가리우면 돼. 그렇게 하면 누가 알게 뭐야. 그리고는 교군 옆을 춘단이더러 따라서게 하고서 내행의 행차라구 하면 그만이야."

"춘단이도 장옷으로 얼굴을 가리라면 되겠군요."

"그렇게 해야겠어. 날이 새면 곧장 돌쇠를 데리고 세물전으로 가서 사린교를 빌려야겠군. 그리고 색시……."

"예."

"떰치가 입고 갈 두둑한 솜옷 한 벌을 내놔 줘. 그애가 입고 온 승복은 욕을 보는 사이에 갈기갈기 찢겼으니까."

"알겠습니다. 한 보따리 싸드릴게요. 이젠 마음 놓으시고 한잠 주무셔요. 먼길을 떠나시려면 더더구나."

"알겠어, 하―참."

엿장수 가위질소리에 맞추어 구성지게 청승스럽게,

"후추―양념에―밤―엿―에―밤―엿."

곱돌이는 어서 이 밤이 새기를 기다려서 뜬 눈으로 새우다시피 하고 태식이와 떰치가 기다리는 곳으로 한걸음에 내달았습니다.

"태석아, 떰치야."

모두가 기겁을 하도록 놀래서 내다 봅니다.

"아니 너 그 옷차림이 뭐니, 하인배 모양……."

"하하하, 어울리나."

"겉볼안이라더니 영락없는 교군꾼이구나."

"그렇지? 왕후장상에 씨가 있는게 아니야. 겉을 꾸미기에 따라서 잘나게도 보이고 못나게도 보이는게야. 그러기에 사람을 겉치레만 가지고 왈가왈부하는건 잘못이지. 떰치도 승복을 입고 있을 땐 중이지만 평복차림을 하면 달라질거야."

"그건 물론 그래. 양반과 상놈이 따로 있는게 아니거든. 옷을 벗고 목욕할 때는 누구나 다 마찬가지야."

"그런데 곱돌아, 난 또 너희집 하인이 떰치를 잡으러온 줄만 알았구나. 뭣때문에 변장을 하고 왔니?"

"그럴 필요가 있어서 나중에 설명할께……태석이 말처럼 될지도 몰라. 그래서……."

"하인이 온단 말이냐?"

"음, 일이 그렇게 되게 생겼어."

"그거 큰일이구나 난 어떡하지."

"그래서 의논인데, 한시바삐 여기를 떠나야 한다."

"그렇게 갑자기 어디로?"

"그건 네가 정해야 한다. 집으로 가거나 아니면……."

"집에는 안 간댔지 않어."

"그럼 취암사로."

"거기 밖에는 갈 곳이 없어."

"하지만 그 몸으로는 무리다. 가다가 또 쓰러지기 쉬워."

"그게 걱정이야. 그래서 우리집 말을 태워서 돌쇠를 딸려 보내려고 했는데……."

"그렇게 하면 더 붙잡히기 쉽지."

"잠자코 내말 끝까지 들어. 그래서 가마를 타고 가는 게 좋겠다."

"가마라구 무사할까? 교군꾼도 나를 알텐데."

"그러니까 교군꾼은 돌쇠하구 나다."

"뭐? 알았다. 그래서 그런 차림을 했구나."

"응, 내행으로 꾸민거다. 내 아내가 친정으로 근친가는 행차로 말이다. 그러니까 춘단이도 따르게 마련인데, 돌쇠와 나는 얼굴을 가리고 간다."

"응, 그렇게 하면 되긴 되겠다. 하더라도 벌써부터 변장을 할건 없지 않니?"

"벌써가 뭐야? 당장 떠나야 하는데."

"벌써 하면 사린교도 준비해야 하지 않니."

"갖고 왔다. 너네집 중대문안에 등대하고 있어."

"빠르구나. 돌쇠도 춘단이도 왔니?"

"물론 밖에 대령해 있다."

"하하하! 그럼 떰치가 치마 저고리를 입니?"

"그럴거까진 없어. 가마 안에만 있으면 누가 들여다보는 사람도 없구, 또 돌쇠가 벽제 소리를 냅다 지르면 존귀한 분의 내행인 줄 알아서 아무도 접근을 못하게 돼."

"그것참 묘안이구나. 떰치야 떠날 준비를 해."

시무룩이 앉아 있던 떰치가 울먹거리며 이 눈물겨운 우정에 그저 목이 메일뿐 말을 잊지 못합니다.

"정말 고맙다. 그렇게까지 날 생각해 주는데 난 어떻게 이 은혜를 갚아야 하니."

"벌써 몇번 말했지만 정말로 미안한건 나다. 우리 아버지가 진작 잘못을 깨닫고 뉘우친다면 이런 구차한 짓을 안해도 좋았을 건데."

"이 말을 자꾸 하지마, 인연이랬잖아."

"인연이라면 흉악한 인연이다."

"어서 옹좌수 어른이 착한 사람되기를 빈다. 네가 이렇게 애를 쓰는데 안 될리가 있겠니."

"그랬으면 조옴 좋겠니마는 쉽게는 안 될거야."

"지성이면 감천이랬는데 설마 하늘이 무심하겠니."

"절로 돌아가면 나도 부처님 앞에 빌겠다."

"부탁한다. 자, 그럼 서둘러서 옷 갈아 입고 떠날 채비를 해라. 이 보따리 안에 네가 갈아 입을 옷이 들어있다. 자, 빨리."

"응, 정말 고맙다. 잠깐 기다려. 후딱 갈아 입을게."

"곱돌아, 고생 많이 하겠구나."

"하는 수 없지 뭐, 팔자소관인걸."

"며칠이나 걸릴까?"

"글쎄 모르겠어, 가봐야 알지."

"다 됐다."

"음, 가자."

"이제 보니까 떰치도 깎은 서방님인데."
쓸쓸히 허전한듯 씩 웃으며,
"머리 깎은 서방님이다."
"나두 다리가 성했으면 같이 가보는건데 그랬다. 이제 헤어지면 언제나 또 만나니?"
목이 메어서 또 감격스러운지 말이 나오지가 않습니다. 이제 가면 언제 또 만난단 말입니까.
"다시는 어려울거야. 이게 마지막 작별이 되겠지."
"떰치 말마따나 인연이 있으면 또 만나게 돼. 자, 빨리."
미닫이 문이 열리며 다리가 불편한 태석이가 손짓하자,
"태석아 잘 있어. 나오지마."
"괜찮아, 대문밖까지만 바래다 줄게."
하며 힘이 몹시 드는지 용을 쓰며 일어납니다. 서로가 이별을 아쉬워하며 사린교는 서서히 움직이기 시작했습니다. 많은 사연들을 담은 채 말입니다.
"서방님, 꽤 지체 되는군요. 몽치가 들어 닥칠까봐서 이제 나저제나 하구 조마조마했어요."
"춘단이도 그렇게 입으니까 어른스러워 보이는구나."
"호호호, 나야 어른이지 뭐."
"떰치를 보기만 하면 그렇게도 좋아?"
"아이 몰랏!"
"하하하."

"도령 좀 어떻소? 다리 다친거."
"이제는 이렇게 걸을 수 있잖아."
"떔치야 빨리 올라라."
"죄송해요, 아저씨, 나를 위해서 이렇게들까지."
대문을 크게 열어 놓고 곱돌이는 꽤나 무거운지 기운을 쓰며 나섰습니다.
"서방님, 밀지 말아요."
"알았어."
"태석아, 잘 있어."
"응, 잘가."
"조심히 다녀와라."

"돌쇠 벽제 소리를 내야지."
"네, '흥……흐응……흥 에―라 거기 들어섰거라, 네 이놈 썩 물러나거라, 게 나서거라, 쉬이―게 섰자…… 앉거라 쉬이……흥……흐……응……흥!
꽤나 무거운지 얼마 못 가서 쉬지 않고는 더 나아갈 수가 없었습니다.

그런데 안채에서는 불호령이 찌릉찌릉 용마루까지 덜썩덜썩하도록 성이 나서 호령입니다. 그 서슬에 모두가 벌벌 떨고 있었습니다.
"뭉치야 네 눈도 눈이냐? 눈이라면 티눈이지? 옹잇 구멍이지? 떰치놈이 태석이네 집에 숨어 있는걸 몰랐다니 말도 안 된다."
"왜 모릅니까요, 알긴 알지만 소인이 알았을 때는 벌써 삼십육계 줄행랑을 놓은걸 어떡합니까요."
"그러니까, 왜 그전에 손을 못써? 그 손은 흙손이냐, 팥손이냐, 골손이냐? 저것두 인간인가, 밥벌레지. 그래 어디로 갔는지 모른단 말이냐?"
"그걸 어떻게 압니까요? 하늘로 날았는지 땅속으로 스몄는지 갑자기 사라졌는 걸입쇼."
"그건 그렇다 하자. 서방님하고 돌쇠, 춘단이가 없어진건 어째 몰랐느냐 응? 왜 몰랐어? 어이구."

"소인 혼자서는 네 사람씩이나 살필 수가 없습니다요."
"그래서 티눈이라는 거야, 옹잇 구멍이라는 거야."
"예, 소인의 눈은 티눈입니다요. 옹잇 구멍입니다요. 이제 시원하십니까요?"
"아따 이녀석이 말대꾸를 해. 어디를 가서라도 서방님 모셔오고 돌쇠, 춘단이를 당장 잡아다가 대령해야 한다. 이것들 다리마댕일 분질러 놔야 할까."
"용빼는 재주로 비상천하는 조화를 부려도 간곳을 알아야 잡아도 옵죠."
"짐작도 안 가니? 네 소견으로는 어디에 갔을 듯 싶으냐?"
"모른다구요. '가신 곳—을 알—아야 나막신과 우비를 보내—드리지—.'"

 화도 나고 얻어도 맞고 온갖 수모 다 당하는 신세도 처량하려니와 어이없어서 오히려 신세타령쪼로 가락을 냅다 불러 댔더니,

"야 이놈아, 누가 너더러 소리하랬어. 시끄럽다 이놈, 닥쳐라."
"하지만 흥이 나는 걸 어떡합니까요."
"흥이 무슨 개뼉다귀 같은 흥이야. '드는 줄은 몰라도 나는 줄은 안다구' 집 안에서 사람이 셋이나 없어졌는 데도 소리가 나와? 할 테면 빼봐. 소리나 해라. 에—라 이놈! 속도 없는 우라질 놈아!"

힘껏 내리칩니다. 때려도 부셔도 성이 풀리지 않는 심사를 가눌 길 없는 옹고집은 몽치에게라도 이러지 않고는 미칠것만 같습니다.

"아앗……어이쿠……."

"하하하……그것 봐라."

"나으리 마님께서는 풍류를 모르시는군요."

"풍류 좋아하네…… 어떻게 생각해?"

"뭐를요?"

"어디로 갔어?"

"누가요?"

"요런 아둔한 놈, 말 꼬투릴 잊어 버렸어?"

"참, 우리가 무슨 얘길하고 있었던가요?"

"서방님 하구 돌쇠하구 춘단이가."

"아, 이제 생각났다."

"어디야?"

"몰라요."

"내 짐작 같아서는 떰치까지 모조리 취암사로 간것 같다."

"머리가 좋으시군요. 소인도 그렇게 생각합니다요."

"그렇게 생각한다면 빨리 가서 붙들어 와야지."

"취암사 같으면 일부러 갈 것도 없습니다요. 깡쇠가 가 있으니깝쇼. 아마 지금쯤 당도 했을 겁니다요."

목탁소리가 울려 퍼지는 절간 근처를 어슬렁어슬렁 두리번거리며 다가서는 손이 있었습니다.
"저어 죄송하지만 주지 스님이시죠?"
"그렇소이다마는, 댁은 어디서 오시는 손이라?"
"옹진골 옹당촌 옹좌수 어른 댁에서 왔습니다."
"뭐? 그대가 그 집의 무엇인고?"
"깡쇠라 하는 하인입쇼."
"깡쇠? 한다면 옹고집이 집에 중이 찾아가면 욕을 보인다는 청직이가 그대……?"
"아닙니다요. 나는 그런 짓 안합니다요."
"무슨 일로 왔나?"
"저어 이 절에 땜치라는 애가 와 있읍죠?"
"땜치, 도렴이 말이로군."
"이름이야 뭘로 둔갑을 했는지 모르지만서두 아무튼지 땜치를 찾으러 왔습니다요."
"도렴이라면 절에서도 찾고 있는터야. 탁발을 나간지 10여 일이 지났는데도 일거에 무소식이라 여간 궁금하지가 않거든?"
"그럼 제가 가르쳐 드릴까요? 옹당촌에 왔던 것까지는 알고 있는데, 그 다음에 간곳이 알쏭달쏭 하단 말씀이야. 그래서 절로 도망쳐 와 있지 않나 하구서……."
"절로 도망쳐 와."

"예, 와서 숨어 있나 싶어서……."

"속세에서는 중이 절에 오는걸 도망친다고 하고 출가한 승방에 있는 걸 숨어 있다고 하나?"

"그런 건 아니지만서두요…… 그러니까 지금 있습니까?"

"출타했대두."

"그럼 언젠가는 돌아올 것 아닙니까, 그러면 제가 절에 잠복해 있다가 돌아오는대로 붙들면 되지 않을까요?"

"붙들다니, 도렴이가 무슨 일을 저지르기라도……?"

"아닙니다요. 저지른건 옹좌수 어른쪽이……."

"무슨 곡절이 있는듯한데 그렇다고 속인을 승방에 머무르게 할 수는 없어, 당장 물러가."

"네? 어찌 가라십니까? 그건 너무 박절하지 않습니까. 절 인심이 이다지 소삽할수도 있습니까?"

"가라는데 무슨 여러 말이…… 석장 맛을 보아야 알까."

자못 완강합니다. 이윽고 쇠고리를 흔들어 절 안에 구석구석까지 알리려는지 아니면 그 고리로 때리시려는지 그 서슬이 무섭기까지 합니다.

"네? 그 구리쇠 지팡이로 때리겠다는 말씀이오니까? 가지요 가고 말구요. 갑니다요, 안녕히 계십시오."

"길손, 잠깐 이 괴나리 봇짐은 가지고 가야지. 이리와요."

"싫습니다. 그 쇠방망이로 때릴려구요."

깡쇠는 언덕을 쫓겨 내려갑니다. 해도 너무한다는 야속한 생각에 괘씸하기 조차 했습니다.
"어디 두고 보자."

취암사로 향한 일행은 추운 날씨 탓에 언덕으로 오르자 한층 바람은 더 세차게 옷깃을 스칩니다.
"흥……흐……응……흥! 물렸거라, 치었거라 쉬이—그놈 게 섰거라, 섰거라 서, 게 앉거라. 쉬이—흐……흐……응……흥."
"어머나! 돌쇠 아저씨."
"왜 그러니, 춘단아."
"저길 보세요. 이 쪽으로 내려오는게 깡쇠가 아닙니까?"
"응? 어디 잘 안보이는데……."
"서방님은 보이시죠? 저게 깡쇠가 아닙니까?"
"그렇다. 깡쇠가 틀림 없다. 돌쇠야, 길을 스치게 돼도 시치미 뚝 따고 지나가는 거야."
"알겠습니다. 춘단아, 장옷으로 얼굴을 더 푹 싸라."
"네."
"돌쇠야, 저게 어딜 갔다 오는 길일까?"
"몽치가 깡쇠를 취암사에 보냈다더니 아마 지금 다녀가는 길인가 봅니다."
"만일 들키는 날엔 어떻게 한다?"
"혼을 내서 쫓아 버리는 거죠, 뭐."

"그게 수월치가 않아. 깡쇠란놈 힘이 장사거든."

"아무리 장사라도 남정네 세분이서 그거 하나를 못 당한다는 말씀입니까."

"어려워, 저건 씨름판에서 황소를 타는 놈인걸. 그렇지 돌쇠야?"

"네, 주먹다짐이 시작되면 쉽지는 않을 것입니다."

"아무튼 당할 때 당하더라도 천연덕스럽게 가보는 거다. 알았지?"

"네 쉬이―네 이놈 물러서 있거라. 썩 들어서거라 흥……흐……응……흥 쉬이."

"어……귀에 익은 음성에 낯익은 얼굴일세, 여보시오들, 어디로 가는 행차요?"

"어디를 가든 웬 참견, 귀한 어른 내행길에 무슨 상관, '쉬이―게 앉거라 서거라, 흥……흐……응……흥."

"그참 이상하다. 여보시오, 앞채 멘 교군은 나좀 봅시다."

"바삐 가는 길에 웬 방해인고, 저 갈길이나 휑하니 갈 노릇이지 쉬이―앉아, 앉자, 게 섰거라, 흥…… 흐응…….'

"알 수가 없네요."

"무엇을 알 수가 없어 보아하니 하인배 주제가 무슨 시비."

"어디서 많이 듣던 목소린데, 가만 있자……."

"음? 무엄하구나, 썩 물러서지 못할까."

"너 춘단이 아니냐?"

"무, 무엇이라구? 나는 그런 사람 모른다."
"헹! 알쪼다. 잠깐 실례!"
"아니 저놈이 사린교에 손을 대다니."
"에잇!"
하며 깡쇠가 용을 쓰며 날쌔게 사린교문을 잽싸게 열어 제끼더니
"어? 너는 떰치……"
당황하지만 마음을 가라 앉히고 돌쇠가 호령입니다. 그저 뱀설죽이듯 해서는 아니될 것 같습니다.
"무관하다. 돌쇠야, 저 놈을 밟아 버리라."
"네, 에잇."
"어렵쇼, 얏."
"악?"
"이 늙은 것아 쇠어빠진 고사리 같은 주먹으로 날 어쩌겠다는거야 에잇."
"윽! 에라 발 치워라, 가슴이 답답하다."
"깡쇠야, 자세히 보아라 나다."
"알고 있습니다요, 서방님."
"안다면서 무엄한 짓을 하느냐. 나와 대적할까."
"서방님에게는 손찌검을 않습니다요. 다만 돌쇠 늙은이는 옹두라지 뼈를 뽑아 놔야…… 음."
"아이구구……"

"깡쇠야 듣거라. 나는 너의 상전이다. 나에게 대들면 나중에 어떻게 되는 줄 알지?"

"하지만 큰사랑 나으리 마님 분부는 서방님이라도 만나기만 하면 결박을 지어서 끌고 오라구 하셨습니다요."

"그래서 내게 그렇게 할 셈이냐?"

"고분고분히 돌아가시면 어때요, 반항하거나 덤벼들면 서방님이라도 용서 없습니다요."

"발칙하구나. 돌쇠를 밟은 그 발 비켜라."

"못합니다요. 그러지 말고 서방님도 사린교에 오르셔요. 소인하고 돌쇠가 모시구 돌아갈꺼니까요."

"만일 그렇게 않는다면?"

"이걸 봅쇼, 여기에 홍사 오랏줄까지 갖고 와있습니다요. 죄송한 말씀이지만 서방님을 꽁꽁 묶어서 실을 수 밖에 없습니다요."

"좋다 돌아가자. 그대신 떰치는 놓아 보내기루 하자."

"안 됩니다. 그놈을 데리구 가거나 깨강정 빻아 놓듯이 단주먹에 요절을 내놔야 합니다."

"에잇! 윽!"

"아이구구 이년이 어딜 물고 늘어져 춘단아, 이빨 부러진다. 이거 놔라."

"에잇"

"아이쿠……."

"에—라 이놈 앗."

"윽!"

"까무러졌어요. 돌쇠 아저씨 그 밧줄로 빨리 묶으세요."

"음, 오라를 지워서 그 나무 등걸에 묶어 놔."

"네, 알았습니다."

어쨌거나 위기는 모면 했으나 안심이 되지 않습니다. 걸음을 재촉할 밖에 도리가 없습니다.

"쉬이 에—라 거기 들어서거라 흥⋯⋯흐⋯⋯응⋯⋯흥 섰자 서게 앉거라. 네 이놈 들어서거라 나서거라 쉬이⋯⋯흥⋯⋯흐—응⋯⋯흥."

"돌쇠, 그만 여기서 좀 쉬어서 가세."

"서방님, 빨리 가야 합니다요."
"왜, 깡쇠 놈이 따라올까봐서?"
"그것도 있지만서두……."
"또 뭐야?"
"걸어야 추위를 덜 탑니다."

놀래기도 했고 춥기도 하고 허기도 졌으니 힘이 날 리가 없습니다. 그러나 지체할 수는 더더구나 없습니다.

"그말도 옳으나 다리 쉼을 좀 하세, 안에 앉았는 떰치는 더 추울 꺼니까, 볕도 좀 쐬랄겸."
"돌쇠 아저씨 그렇게 해요, 우리."
"서방님 무겁습니까?"
"가볍지는 않아."
"아닌게 아니라 깡쇠가 뒤쫓아 오면 또 말썽입니다."
"하하하, 어지간히 혼이 난 모양이군."
"예, 그놈의 뚝심은 당해낼 장사가 없습니다요. 발길에 채인 옆구리가 아직도 결리는 걸입쇼."
"그러니까 쉬어 가자지, 자 어서."
"알겠습니다."
"그럼 놓고, 떰치야 춥지? 이리 나오너라."
"음."

사린교 문이 열리며 떰치도 나옵니다. 힘이 들어 하며 끙끙거리고 앉는 돌쇠의 호흡이 거칩니다.

"아—이구."
"돌쇠, 많이 아픈가."
"오금이 쿡쿡 쑤시고 뼈마디가 시큰거리고 전신이 뻐근 나른합니다요."
"그렇다고 뒤를 흘끔흘끔 돌아다 볼건 없지 않은가."
"놈이 오면 큰일이니까요."
"당분간은 못올걸세. 저도 어지간히 호되게 당했으니까."
"곱돌아, 기절한걸 묶어 놓고 왔으니까 그대로 얼어 죽을까봐 걱정이다."
"응, 그까짓거 죽겠으면 죽으라지 뭐. 아까울꺼 하나도 없어."
"말이 돼, 사람이 죽는 판인데."
"떰치 맘은 알다가도 모르겠어. 저를 욕보이구 또 죽이려고 따라다니는 원수의 일을 걱정하고 있으니 원……."
"하하하, 그러니까 스님이지."
 정색하고 핀잔 섞인 어조로 걱정을 하며, 그러면 못쓴다고 타이르듯이 말합니다.
"웃을 일이 아니야. 이 추위에 바람받이 추운 곳에 정신없이 쓰러져 있으면 얼어 죽기 쉬워. 이 추운데."
"별로 근심 안해도 좋아. 곰처럼 튼튼한 놈인데 빙판에 갖다 버려 봐라 죽나."
"진짜로 죽겠는건 나다, 아이구."

"힘 들었지? 그래서 이제부턴 나도 걷겠다. 여기부터는 아는 사람도 없으니까."
"그건 안돼. 여태도 아픈 몸이면서."
"허지만 너무 미안해서, 곱돌이가 타고 내가 가마 채를 멨으면 좋겠다."
"아직은 사양할 것 없어, 서방님이 힘이 드시댐 대신 내가 메구갈게."
"춘단 아가씨, 조금두 염려 마시오. 소인이 계속 메겠습니다."
"아이 서방님두."
 곱돌이의 빈정거림에 수줍어서 어쩔줄 몰라 하지만 모두 춘단이가 대견하기만 합니다.
"하하하."
"그만큼 쉬었으면 슬슬 떠나 보실까요?"
"아저씨는 왜 도망치려구만 들지요? 깡쇠 같은거 겁내지 마셔요. 내가 있지 않아요?"
"참, 춘단이 무는 솜씨가 보통이 아니던 걸. 이빨이 무사해?"
"끄떡없어요. 쇠갈비가 있다면 날루라도 뜯어 먹겠어요."
"스님 앞에서도 고기 얘길 하나?"
"떰치는 중은 중이라도 돌중이예요."
"춘단이, 말조심해."

"둘이서 싸우다가는 땜치가 또 물어 뜯길라."

"하하하."

"싸우는게 아닙니다. 나는 춘단이를 평생의 은인으로 알구 있으니까요. 아까도 춘단이 아니면 어떻게 됐겠어요? 가마 안에서 틈으로 내다 봤지만 정말 아슬아슬 하데요. 나는 다만……."

"호호호 정말 그렇게 생각해? 발저리지? 다리 좀 주물러 줄까? 꼼짝 않고서 앉아 있으면 발도 저릴거야."

"어—험 내 발도 저린데, 땜치는 좋겠다."

"아이 몰라요."

"하하하 자, 그만 떠나자. 땜치야, 빨리 타라."

"아니야 좀 걸을테야. 곱돌이가 타라, 멜게."

"싫어, 난 이렇게 멀쩡한걸."

"그렇다고 빈 가마를 덜렁덜렁 메고 갈거 없지 않아?"

"그럼 춘단이가 타든지, 내가 멜게."

"그렇게 되면 난 안 멘다."

"하하하 아무래도 땜치가 타야할까부다."

"그렇지만……."

"빨리 타라, 성가시게 굴지말구."

"호호호 땜치가 타, 돌쇠 아저씨가 빨리 달아나고 싶대."

"요년의 애년이 쥐어박아 줄까보다."

"덤빌 거예요? 한번 뜯어 드려요?"

"그 그만 두련다. 떰치가 타든 춘단이가 타든 어서 가기나 하자."

"빨리 타."

"그래야 할까봐, 미안해요."

송구스럽고 미안하고 몸둘바를 모르면서 가마에 오르고 문을 닫습니다.

"서방님, 자 갑니다요."

"음."

"하나, 둘, 셋 '쉬이—' 물렀거라 치었거라 홍……흐……응……흥……."

"아 시끄럽다. 이젠 벽제 소리 그만해. 여기서는 가까이 올 사람도 없어, 오히려 '우리 있다' 여기 하고 깡쇠를 부르는 셈만 되지."

"그럴까요? 알겠습니다. 그럼 이제부터는 벙어리 행차요."

장난스럽게 벙어리 시늉으로,

"응……응아……응…….."

"하하하, 벙어리 벽제꾼도 있다. 어서 가세."

천신만고 끝에 죽지 않고 오라를 풀고 달아나 나리마님 앞에 대령한 깡쇠는 억울하기도 하고 슬프기도 합니다.

"나으리 마님……나으리 마님."

"누구야?"

"오, 깡쇠 돌아왔니? 그래 갔던 일은 어떻게 됐어?"
"낭패만 보고 왔습니다요."
"낭패라니 또 놓쳤단 말이냐? 만나긴 만났어?"
"만났습니다요. 땜치도 서방님도 돌쇠도 그리구 춘단이두요."
"만났는데 왜 못잡았어?"
"잡는 게 무어오니까, 소인이 염라대왕 시왕전 문턱까지 다 갔다가 돌아왔습니다요."
"네가 되려 죽을 뻔했다는 말이냐? 그 기운은 뒀다가 뭣에 써? 못난 놈 같으니라구."
"그렇지만 어찌합니까요. 4대 1인걸입쇼. '중과부적'이었습니다요. 이걸 좀 봅쇼, 이 상처들을."
"음? 물어 뜯긴 자국 같구나. 개가 덤비든?"
"아닙니다. 호랑이에게 물렸습니다요."
"백주에 호랑이가 나오다니?"
"호랑이는 호랑인데, 새까만 머리카락에 장옷을 훌렁 쓴 호랑이었습니다요."
"옳거니, 춘단이 년한테 물렸구나."
"눈치 빨라서 좋으시겠오."
"저런 병신놈 봤나, 어디서 물렸어?"
"취암사 다녀오는 도중에서요. 땜치가 탄 가마를 돌쇠하구 서방님이 앞뒤에서 메고 춘단이가 따르는 행차를 만났을

때……."

"아니, 곱돌이가 가마를 메?"

"예, 머리에 패랭이를 쓰구."

"이런 천지 조판할 일이 있나, 그 자식이 체통 차릴줄두 모르구서 가마를 메고 다니다니. 더구나 떰치 같은 놈을 태운 가마를? 아이구 이거 집안 망했네 망했어."

"아직은 안 망했습니다. 이제부터가 볼 만하지요."

"너 누구 약을 올리는 거냐? 몽치 어디 갔니?"

"예, 몽치 예 있습니다."

"너 말구 몽둥이 말이다. 저 놈을 홈씬 좀 두들겨 패 주지 못해?"

"물리구난 자리를 얻어 맞기까지 하면 어떻게 되라구."

옹좌수는 통분해서 가슴을 두드리며 우는지 웃는지 모를 울상이 되더니, 갑자기 몸을 부르르 떨며 사납게 불러댑니다.

"애들아!"

"네."

"청직이 장노할것 없이 하인들을 모조리 모으고 소작인 중에서 기운 꼴이나 쓰는 젊은 놈들을 몽땅 오래서 몽치가 앞장서 가지고 쳐들어 가라."

"날도 저물었는데 다 늦게 어떻게……."

"오늘 말고 내일 아침 일찍이 떠나는 거다."

"어디로 가라시는 겁니까요?"
"어딘 어디야, 취암사지. 그놈의 절, 쑥밭을 만들어 놓구 와야한다. 그러구나서 도망가 숨어있는 서방님을 잡아 앞세우고 오너라."
"서방님이 꼭 취암사에 가 계시다는 증거도 없지 않습니까요?"
"증거는 무슨 얼어죽을 증거야? 거기 말구야 지가 가 있을 데가 있나. 떰치와 곱돌이는 산채로 잡아 오고 돌쇠하고 춘단이 년은 당장 물고를 내라, 알았느냐."
"네."

두 번째 나들이

 기진맥진 취암사로 향하는 길은 멀기도 합니다. 난생 처음 종노릇해 보는 곱돌이의 행색도 볼만합니다. 그나저나 바람은 왜 이리도 세찬지……야속하기만 한데, 멀리 절에서 울려오는 범종소리가 뎅……뎅 멀리까지 들려옵니다. 이제 살았구나 싶습니다. 발걸음은 더더구나 빨리 옮겨지지가 않습니다.
 "어머나 돌쇠 아저씨 저기에 절이 보이네요."
 "음 이제는 다 왔다. 떰치야 나오너라, 산문안이다."
 "네."
 떰치는 서둘러서 사린교에서 내려 섰습니다. 혹 한숨 돌리고 나서 안심했다 싶으면서, 모두에게 눈물이 펑펑 쏟아질 지경으로 감사합니다.

"사린교는 어떡할 겁니까?"

"별 걱정이 다 많네. 여기 두고 가지."

"서방님 그건 안됩니다요, 만일 깡쇠가 와서 보는 날엔 우리가 이 절에 있다는 증거가 아닙니까요."

"돌쇠 염려 마. 산문 안에 들어 왔으면 이제는 안심이야."

"그래도 또 모릅니다요."

"벌써 날도 저물었어, 절에서 하룻밤 묵고는 내일 아침 일찍이 떠날 건데 뭘. 떰치야, 빨리 가자."

"음……난 걱정이다."

"뭐가 또."

"주지 스님이 뭐라고 하실지가……정말 뵐 낯이 없어."

"사실대로 다 털어 놓는거야."

"그렇게 하면 좌수 어른의 잘못이 드러나겠거든."

"하는 수 없는 일이야, 거짓말을 할 수는 없지 않니?"

"하긴 그래."

"다른 생각 말고 어서 걷기나 하자."

"응."

"떰치야, 좀 부축해 줘?"

떰치는 발끈 성을 내며 참견 작작하라는 듯 눈을 흘깁니다.

"참견 좀 작작해줘."

"어머나 세상에……."

종소리가 가까이서 들려옵니다. 멀리 떠났다가 고향 집 어귀에 당도한 것 같은 안도의 숨을 몰아 쉬며 일행은 절로 들어섰습니다.

"주지 스님 그 동안 안녕하셨습니까? 면목 없습니다."

"도렴아 너 입은 것이 그게 무어냐. 속인의 옷을 걸쳤으니 환속을 했다는 말이냐."

"그런 것이 아니오라 말씀을 여쭙자면 길어집니다."

"길어져도 들을건 들어야지, 어서 말해라."

"네, 아뢰겠습니다. 소승이 옹진골 옹당촌에 당도해서 옹좌수님 댁 앞으로 가질 않았겠습니까."

"음, 그래서."

이래 저래 사연을 낱낱이 고해 바쳤습니다.

"이런 사연입니다. 그러니 속인의 옷이라도 빌려 입질 않을 수가 있어야지요."

"무엇이? 네가 그 자의 손에 죽을 뻔했다는 말이지?"

"예, 반죽음을 당했습니다."

"에—에 고얀 이제는 더 참을 수 없다. 시주는 않더라도 승을 중하게는 알아야 옳지. 그래, 무고한 출가승을 죽이러 들어? 곱돌인가 하는 그 아들 아이가 그렇게 애를 쓴다는 데도 끝내 개심을 않는다면 아프고 쓰라린 맛을 좀 보여 주어야겠다."

"스님 한번만 더 용서하시고 하회를 기다려 주십시오. 곱돌이가 그토록 힘을 쓰는 중이니 머지 않아 보람이 나타날 것 같습니다."

"안된다. 하루가 늦으면 그만큼씩 중생이 받는 피해가 커져. 무슨 거조를 내려서 귀종을 내야겠다."

"스님 제발 소원입니다. 한번만 더 개과천선할 기회를 허락해 주십시오."

"도렴아 네 뜻을 모르는건 아니다. 착하디 착한 너의 원수까지도 애처로이 여기는 자비로운 마음씨, 매우 가상하다마는 더는 못 기다려. 기다려도 소용 없을테니 그만 물러가 있거라."

"스님, 또 한가지 허락해 주셔야 할 일이 있습니다."

"무엇인데?"

"소승의 생명을 구해주었을 뿐 아니라 병구완을 지성껏 해주고 여기까지 무사히 데려다 준 곱돌이와 돌쇠 아저씨, 그리고 춘단이란 애가 승방에 있습니다. 밤도 늦었으니 하룻밤만 묵어서 가도록 허락을 내려 주시겠습니까?"

"글랑은 그렇게 하여라."

"감사합니다."

"그러면 지금 곧 이 자리에서 회의를 열터이니, 너는 나가 있어라."

"네, 소승 물러갑니다."
"하하하 절에 온 색시라더니, 춘단이가 바로 그 꼴이구나."
"돌쇠 모르면 가만히나 있어. 춘단이가 갑자기 얌전해진건 떰치가 주지스님에게 혼나는 것이 걱정이 돼서 그런거야."
"아니에요, 그렇지 않습니다."
"하하하."
 절간, 지게문 여닫는 소리가 나며 들어선 순간 시무룩해진 떰치가,
"나는 용서를 받았지만 옹좌수 아저씨는 그냥둘 수 없다시는 거야."
"서방님 그거 큰일입니다."
"휘유, 하는 수 없지. 자작지얼인걸. 그래, 어떻게 하신데?"
"그걸 지금 스님들이 모여서 의논을 하고 있는 중이야."

 일제히 모여든 취암사의 중들은 쑤근쑤근 와글와글 의견이 분분합니다. 그럴 수가 있느냐고 흥분하고 있습니다.
"조용히들 하시오, 두서없이 흥분만 일삼을 게 아니라 구체적인 방법으로 한분씩 의견을 발표하시오."
"예, 소승부터 말씀 드리지요. 도술이 용하신 사승 학대사님께서 명부전 염라대왕에게 부탁해서 사자를 보내 옹고집 그놈을 냉큼 잡아다가 지옥에 깊이 가두어 두고, 다시는 세상구경을 못하도록 하는 게 좋을줄 압니다."

"에, 또 다른 의견은?"

"소승의 소견으로는 그보다도 학대사님의 재주로 해동청 보라매가 돼서 반공중에 높이 떠날으시다가 갑자기 달려들어 옹가의 머리통을 쪼아 주다가, 그 눈 알맹이를 파내게 하는게 좋을까 합니다."

"저의 생각은 좀 다릅니다. 학도사님이 만첩 청산의 사나운 호랑이로 화신해서 겨울 밤 깊은 시각에 왈칵 달려들어 옹가의 덜미를 물어다가 깊은 산으로 끌고가 뼈다귀까지도 남기지 않고 바작바작 아삭아삭 씹어 먹으면 어떨까요."

"또 다른 의견은 없소?"

"있습니다. 아름다운 미인이 되셔서 옹고집을 갖은 아양으로 유혹한 뒤에 재물을 몽땅 뺏어버리고 몸에 병이 들도록 만들어서, 고통을 못이기어 신음하게 하다가 죽게 하는 것이 좋지 않겠습니까?"

의견이 많습니다. 여러분들이 찬성하니 좋소이다. 의견이 없습니다. 등등 여럿의 소리가 시끄러울 지경으로 와글와글 댑니다.

"에, 그러면 작정을 합시다. 모두들 학대사의 조화에 기대는 말씀들을 하시는데요. 그러면 끝으로 학대사의 소견을 들어 보기로 합시다."

"예, 여러분들이 나를 두고 말씀들 하시니 내 생각을 말하지요. 다들 좋은 방법을 말씀하셨습니다. 그러나 맨 처음에 내놓은, 즉 지옥에 쳐넣자는 것은 오히려 옹고집을 편케 하는 결과가 되겠습니다. 그리고 인간들에게 적악을 하면 어떻게 된다는 경고가 되지 않을게 유감입니다……"

찬성하는 쪽과 반대하는 양편으로 나뉘어서 시끄럽습니다.

"그리고 두번째 보라매가 돼서 눈알을 뽑으라시는 것도 그다지 큰 고통을 줄 수는 없겠소이다. 세번째 방법도 좋기는 하나, 죄의 값을 치르는 모습을 여러 사람이 보지 못하는 점이 미흡합니다. 마지막 의견인 병을 들게 하자는 것도 깊은 방안에 혼자서 앓아 누워있게 된다면 많은 사람에게 거울을 삼도록 한다는 점으로 보면 별로 신통할게 없다고 하겠습니다."

모두가 조용히 귀를 귀울여 듣더니 떠들기 시작했습니다. 그러면 어떻게 하는 것이 제일 좋은가고 야단들입니다.

"여러분 이 일을 학대사님께 전부 맡겨 버리는게 어떻겠소이까?"

"좋습니다."

"찬성이요."

"감사합니다. 여러분이 나에게 일임하실 모양이니 그럼 나의 생각을 말씀하지요……옹고집이 자신에게도 고통을 주어서 반성할 기회를 삼고 동시에 마을 안팎을 돌아 다녀서 여러 사람 앞에 적악의 응보가 얼마나 무섭다는 걸 보여주기 위해서는, 옹고집과 꼭같은 또 하나의 옹고집을 만들어서 골탕을 먹여 주는게 어떻겠소이까?"

모두들 무릎을 탁 치며 열광적으로 찬성합니다. 이제야 묘안이 나왔다고 모두 기뻐 어쩔 줄 모릅니다.

"그러면 누가 나가서 볏짚 한단을 이리 가져 오시오."

"소승이 다녀 오겠소."

"부탁합니다. 어느 분의 손재주가 좋으신지요, 가져오는 지푸라기로 인형을 만들 분은 없으시겠오?"

"그까짓거 간단합니다. 소승이 삽시간에 뚝딱 만들어 놓지요."

"가져 왔소이다. 지푸라기가 이만하면 될까요?"

"충분합니다. 금세 만들어 놓을테니 보시오."

재주도 좋습니다. 이리저리 만지더니 금세 허수아비 하나가 완성되었습니다.

"자, 어떻소이까. 허수아비 꼴이 완연하지요? 학대사님, 예 있습니다."

"훌륭하게 되었소. 그러면 잠시 조용히들 해주시오."

하시더니 두런두런 주문을 외우기 시작했습니다. 입안 말로 알아 들을 수는 없지만 한참 하더니 큰소리로,

"에잇."

기압을 넣는것 같더니, 정말 놀라운 일입니다. 모두가 기절할 뻔했습니다.

"아니, 지푸라기 인형이 사람이 됐네."
"말두 마오. 저게 옹고집이라오."
"옹고집이 저렇게 생겼소?"
"나도 한번 혼이 나봤지만 옹고집을 아주 닮았소."
"에—헴 닮은게 아니라 내가 바로 옹고집이오. 여러 스님네들 이제는 걱정 마시오. 내가 가서 그 진짜 옹고집 놈을 단단히 골탕을 먹여주고 올테요. 우선 그의 아들이 있는 승방으로 가서……에헴."

승방에서 기다리고 있는 곱돌은 초조해지기 시작했습니다. 웬 의논을 저다지도 길게 하는지 궁금하기도 하고 걱정이기도 했습니다.
"무슨 회의가 저렇게도 길지?"
"글쎄 말이야. 의견이 잘 맞질 않나봐."
"궁금하구나. 떰치가 좀 가 보고 오렴."
"그게 좋겠어, 바늘 방석에 앉은 것 같아 조마조마해서 견딜 수가 있어야지."
"가만 있어봐. 누가 오는 것 같아. 인기척이 났어."
"에헴."
"아니 저게 누구야?"
문을 살짝 열고 밖을 내다 보는 순간,
"네 이놈들, 예서 뭣들 하고 있느냐?"

"아버지······."

"아저씨······."

"나으리 마님······."

"아저씨, 용서하세요. 저를 잡으러 오신 겁니까?"

"그렇지 않다. 나는······."

"가까이 오지 마셔요. 그러다가 갑자기 덮치시려구요."

"그렇지 않아. 난 옹고집은 옹고집이지만 새로 생긴 옹고집이다."

"아버지 그게 무슨 말씀이세요? 아버지가 아니시라니 말이나 돼요?"

"글쎄 아닌걸 어떡하니? 설명을 하자니 나도 답답하구나,

안 그러냐, 춘단아."

"쇤네가 춘단인줄 아시는걸 보면 진짜 우리댁 나으리 마님이세요."

"하아…… 그렇지 않대두, 내 말을 못 믿겠니?"

"못 믿는다기보다 믿어지지가 않습니다요."

"그걸 믿어라. 내일 떠날 거지? 나도 같이 가겠다. 집에 가보면 알게 돼. 거기에 옹고집이 또 있을테니까."

"저어 우리 아버지는 목덜미에 커다란 사마귀가 달려 있습니다. 보여 주시오."

"얼마든지 보렴. 사마귀라면 나도 있다. 자 봐, 여기 있지 않아?"

"이렇게 되면 틀림없는 우리 아버진데."

"그렇게들 생각하기 쉽지만, 난 좀 달라."

"다르긴 뭐가 달라요? 안 달라요."

"다르대두, 집에 가보면 안다지 않니."

"아무튼 저는 아버지로 모시겠습니다."

"소인도 상전으로 모시겠습니다."

"저도 나으리로 받들겠어요."

"싫어도 좋아도 아마 앞으로는 그렇게 될거다. 하지만 두룩."

"어렵쇼, 말투까지도 영락없는 옹좌수 아저씨야."

"내일 보자. 편히들 쉬거라. 에—헴."

중문밖에서 하인배들이 모두 모여 와글와글 떠들고 어수선합니다. 그런데 느닷없이 목청을 돋구며 크게 부릅니다.
"몽치야…… 몽치야."
"네, 여기 있습니다."
"준비는 다 됐니?"
"대강 끝났습니다."
"그럼 왜 꾸물거리며 빨리 떠나지 못하구서."
"마지막으로 부대 편성을 하느라고 잠시 지체되고 있습니다요."
"내가 일러둔 말은 빈틈없이 다 했것다."
"네."
"한놈 한놈 방망이 하나씩을 갖고 갔다가, 장님 파밭 두드리듯, 무송이 장도감네 쳐부수듯 우지끈 뚝딱 그 놈의 절, 쑥밭을 만들어 놓는거야."
"네."
"하지만 곱돌이 하고 떰치는 고스란히 끌고 와야 한다구."
"알고 있습니다요."
"그럼, 늦지 않게시리 빨리 떠나라."
"네, 다녀오겠습니다. 자, 가자."
하인들은 백만 대군을 내보내듯 함성을 크게 지르며 호기롭게 나아갑니다. 옹좌수는 한편 느긋하기도 하고 한편 괘씸하기도 하여 착잡하기만 합니다. 성미 같아서는 당장 뛰어가 요절을 낼 것이나 휘하에 원군을 보내니 흐뭇하기도 합니다. 자기를 위해 신명을 바치려는 저것들이 있으니 말입니다.

취암사 뜰에서는 가짜 옹고집이 돌쇠 곱돌이 춘단이 모두 모아놓고 일장 훈시가 시작 되었습니다.
"곱돌아, 돌쇠야, 춘단아, 다들 알았지?"
"네."
"아버지, 다른 걱정 마시고 어서 사린교에 오르세요."
"오냐, 너는 효자로구나, 그런데 바람에 날릴 것만 같다."
"나으리 마님, 소인이 부축해 모시겠습니다요."
"그래라."
"그럼, 가마 문 닫습니다."
귀신에게 홀린듯 미상불 이상한 생각이 들지만 어쩝니까, 영락없는 옹좌수인걸. 떰치를 태우고 온 사린교에 이젠 아버님 옹고집을 태우고 가다니 야릇하기도 합니다.
"서방님, 됐습니까?"
"그래."
"그럼, 듭시다. 하나, 둘, 셋, 어? 이게 웬 일이야."
"조심해."
"조심하나마나, 사린교가 왜 이렇게 갑싹 하다지요?"
사린교 안에 앉았는 가짜 옹좌수는 내심 웃습니다. 독백

처럼 하는 말이,

"그야 그럴 수 밖에. 나는 지푸라기니까."

"네? 뭐라굽쇼?"

"아, 아니다 아무것도. 어서 떠나자."

한참을 내려오다보니 시장끼가 듭니다. 워낙 젊은 장정들이라 조반을 든지 얼마되지 않았는데도 허기가 집니다.

"난 괜찮다. 배 고프지 않어."

"하지만 나으리 마님, 저기 주막거리가 보입니다. 저 주막거리에서 점심식사를 안하시면, 다음은 저녁 나절까지 집 한 채 없는 무인지경입니다요. 생각이 없으시더라도 요기는 하셔얍지 않습니까요?"

독백처럼 사린교 안에서 들려오는 소리에 얼른 귀를 기울이니까.

"지푸라기 인형이 점심은 무슨……"

"무슨 말씀이오니까?"

"알 거 없어, 아무것도 아니래도. 먹어야겠으면 너희들이나 먹어라."

"그래도 그럴 수야……"

"돌쇠 아저씨, 저 주막집을 보세요. 웬사람들이 저렇게 많이 들었을까요?"

"글쎄다. 낸들 알겠니 생소한 곳인데, 아마도 보부상 패거리들 같다. 손에 몽둥이를 저마다 가진 걸 보면."

"이 동네, 장이 서나보죠?"
"오늘이 장날인지도 모르지?"
"그래도 어쩐지 이상한걸요."

주막거리 장터모퉁이의 표정은 어지간히 왁자지껄 시끄럽습니다. 막걸리에 장국 한 대접 요기한 패거리들이 여기저기 모여서 웅성웅성 게걸대기 시작했습니다. 깡쇠도 어떨떨해지리 만큼 마셨습니다. 그런데 몽치가 긴장하며,
"야, 깡쇠야 술 그만 마셔."
"왜 그러니 몽치야, 어한 술을 안 마시고서야 추운 길을 갈수가 있나."
"지금은 그럴 때가 아니야 저걸 봐. 가마 한채가 이리로 오고 있는게 보여?"
"보이지 않구, 내가 장님인줄 알아?"
"좀 자세히 봐. 앞채를 멘 것이 돌쇠, 뒷채가 서방님, 그리고 옆에 따라선 것이 춘단이……."
"뭐?"
"그러니까 보라지 않어? 틀림없지?"
"음…… 아니, 저것들이, 제발로 우릴 찾아오고 있구나. 섶을 지고서 불구덩이로 찾아 든다더니 이게 바로 그 형국이야. 추운데 멀리 갈 것도 없이 여기서 붙잡아 가지고 돌아가자."

"떰치가 보이지 않는데."
"가마 안에 타고 있을꺼야, 어제 내가 똑똑히 봤거든."
"하지만 서방님 하고 떰치만 데리고 가면 뭘해. 나으리 마님 분부가, 취암사를 깡그리 쑥대밭을 만들라 하시지 않았어?"
"해치웠다고 하지 뭐."
"그건 안된다. 거짓말이 안 통해, 이 많은 사람의 입을 뭘로 막지."
"그것도 그렇구면. 옳지 좋은 수가 있어. 두 패로 나눠 가지고, 한패는 사린교를 지키면서 집으로 돌아가구 나머지 한패가 취암사로 쳐들어 가믄 되지 않겠어?"
"좋은 생각이다. 내가 먼저 한패를 이끌고 집으로 돌아갈 테니, 너는 나머지를 데리고서 절간으로 가라."
"싫어, 내가 집으로 간다. 절에는 네가 가라."
"그럼, 제비를 뽑자."
"제비도 싫다. 이번 일로 해서 고생을 내가 더 많이 했으니까 네가 좀 수고를 해라."
"어? 저것들이 다 왔어. 달아나지 못하도록, 꼭 붙들어야 한다. 야, 모두들 그만 먹구, 달려나가서 저 가마를 포위하라."

크게 소리를 지르는 서슬에 모두가 먹고 마시다 말고 놀래서 밖을 내다 봅니다. 웬일이 터졌나 해서 일제히 내달으며 함성을 지릅니다.

"빨리들 해, 하나도 놓치면 안돼."

"와—"

"어? 웬놈들이냐."

"어어, 돌쇠 형님, 수고 많이 하시오."

"아, 너는 깡쇠."

"알아보니 용하군. 돌쇠, 어제의 신세를 갚아주마. 우선 떰치를 내놔."

"떰치? 그런 애 난 모른다."

"그 가마 안에 타고 있는 놈을 내놓으라구."

"가마 안에는 떰치가 아니라 나으리 마님이 계셔."

"뭐? 하하하, 사람 웃기네. 순순히 내놓지 않으면 억지로 끌어 낼테야."

"깡쇠야 무엄하구나. 이 안에는 아버지가 계시다."

깜짝 놀라며 깡쇠가 펄쩍 뛰며 수선스럽게 머리를 흔들며, 놀리지 마십시오 라는 비양석인 표정으로,

"서방님, 왜이러십니까요, 떰치가 서방님의 어르신네라니, 옹당촌 옹씨 가문도 차츰 거꾸로 돼 가는구려. 애들아, 이 가마를 산산히 부셔버리고 안에 도사리고 앉았는 놈을 당장."

말이 떨어지기가 바쁘게 일시에 달려들었습니다.

"와—"

"밖이 왜 이다지 소란스러우냐. 겨우 눈을 좀 붙이려고 하는데 시끄러워서 잠을 잘 수가 있어야지. 아—함, 돌쇠야, 무슨 일이냐?"
"음? 모두들 잠깐 기다려."
"소인도 뭐가 뭔지를 알 수가 없나이다."
"바람을 좀 쏘여야겠다."
 가만 문을 연 가짜 옹좌수가 살펴보고 하는 말이,
"뭐가 이렇게 야단들이지?"
"아, 나으리 마님이, 어떻게 여기엘 계시오니까?"
"이놈, 너 여기서 뭘하고 있느냐?"
"마님, 분부를 받들어 떰치를 잡으러 취암사로 향하는 중인뎁쇼."
"느린 놈 다 보겠다. 늦장 부리는 꼴을 보다 못해, 내가 먼저 다녀 왔다. 떰치의 일이라면 이미 다 처분을 했으니 지체 말고 돌아가자, 앞장 서거라."
"나으리 마님, 날새 안녕하시오니까?"
"오냐, 수고들 한다. 그렇지만 이제 만사는 끝장이 났으니 돌아들 가자 자, 어서."
"마님."
"오, 몽치냐, 모두 돌이켜라, 집으로 간다."
"네, 다들 들었지? 돌아간다."
"와."

함성입니다. 무슨 영문도 모르고 되돌아서게 됐는데, 한편 다행이구나 해서인지 모두들 깜쪽같이 속아 넘어갔습니다. 집에서 이리저리 안절부절 못하는 옹좌수의 모양을 보고 부인이 안타까워서 하는 말이,

"여보, 뭘 그리 조바심을 하고 계십니까?"

"취암사로 간 놈들이 어떻게 됐나 해서 걱정이 돼서 그래."

부인은 기가 차고 한심한지 남편을 보며 동정어린 표정으로 타이르듯이 넌지시 말을 건네 봅니다.

"평생에 한번 밖에 없는 인생인데 너무 그렇게 몹쓸 일만 하고 지내지 마시우. 중하고 당신이 무슨 원수진 일이 그리 많기에 절을 몰방 치려고 드십니까."

"임자가 몰라서 그렇지, 취암사 때문에 우리 집안이 망쪼 들었어, 아주 망하기 전에 내가 먼저 선수를 써서 그 놈의 절을 결판 내놔야 한다구. 에—헴, 기별이 사뭇 궁금한 걸."

"나으리 마님 행차요—"

"여보 지금 돌아들 왔나봐요."

"그런데 내 행차라는 말이 웬 말이야?"

미닫이 문을 홱 열고,

"몽치냐? 빨리 돌아왔구나."

"어렵쇼. 이게 어찌된 일이야?"

눈이 휘둥그래진 몽치를 보고 다구쳐 묻습니다.

"뭐가 어찌 돼?"

"나으리 마님, 어느 틈에 큰 사랑으로 달아나 버리시었소이까?"
"저놈이 실성을 했나, 나야 아침부터 이 방에 있었다."
"얼씨구, 내가 귀신 도깨비에 홀렸나."
"홀린건 네가 아니라 내가 그런것 같다. 저 가마 속에 서방님과 떰치가 있느냐?"
"예? 가마에는 나으리 마님이 계시지 않았습니까요."
"이놈, 정신 차려라. 무슨 잠꼬대 같은 수작을……나는 진종일 여기 있었어."
"이거 미치고 환장하겠네. 나으리 마님, 나으리 마님……."
"오냐, 가마채를 내려놓고 문을 열어라."
"역시 안에 계셨군입쇼, 대관절 이게 어떻게 된 일이야, 나으리 마님, 어서 나오십쇼."

가마 문이 열리고 으젓하게 내려서는 나으리 마님을 보자.
"그랴 아니, 저 대청 위에 섰는 놈이, 웬 놈이냐, 당장 끌어내려라."
"저거 웬놈이 나를 닮은 놈이 저기에 있노 저놈, 냉큼 끌어내라."
"원 저런 고얀놈 봤나, 누가 누구를 끌어 내래, 이놈들, 무엇하느냐, 저것을 당장 끌어내라."
"네."
"이놈들아 무엄하게 어디에 덤비느냐, 저놈을 잡아라."

기가 찰 노릇입니다. 가짜가 진짜에게 호통을 하고 하인배들까지도 꼼짝없이 저 편을 들게 생겼으니, 딴은 야단이고 복장이 터질 일입니다."

"원 세상에 맹랑한 놈 다 보겠네. 애들아."

"여보, 대관절 이게 어찌된 일이요?"

"애들아!"

"여보, 대관절 이게 어찌된 일이요?"

마누라에게 구원을 청할 요량으로 묻습니다. 어리둥절한 부인도 영문을 알 길이 없습니다.

"부인, 내가 임자 남편이지……."

"부인, 임자의 진짜 남편은 나야."

아까까지 큰사랑에서 취암사에 보낸 깡쇠 몽치 소식이 궁금하여 안절부절 조바심을 하던 남편과 마주 앉아 있었더랬는데, 졸지에 옹좌수 어른이 둘로 되었으니,

"에그머니나, 뭐가 뭔지 알 수가 없구려."

둘이 된 옹좌수

　서당 가까이에 이르자 글 읽는 소리가 울려퍼집니다. 그러나 소년들은 제가끔 무엇을 생각하는지 소리가 일사천리로 정돈이 덜 된 것 같습니다.
　"다같이 따라서 읽자. '맹자견 양혜왕하니.'"
　"맹자견 양혜왕하니."
　"왕왈……."
　"왕왈……."
　"쉬―불원천리 이래라……."
　"쉬―불원천리 이래라……."
　"맹자견 양혜왕하니…… 맹자님께서 양나라 혜왕을 만나

시니…… '왕왈' 왕이 가로되 '쉬—불원천리 이래'라…… 노선생이 천리길을 멀다 않고 와주셨으니……."

"선생님 좀 따분합니다. 오늘은 옛날 얘기를 들려 주십시오."

"들려주셔요."

"그러냐? 그러면 그러자. 나도 좀 따분하다."

지루하기도 하고, 무료하던 참에 잘 됐다 싶은 아이들은 신이 나서 야단들입니다. 좋아하며 우리 선생님 그만이다고 야단들입니다.

"그럼 책을 덮어라."

"덮었습니다."

"에—헴 옛날 옛적에……."

"선생님 질문이 있습니다. 옛날 옛적이면 언제쯤입니까?"

"옛날이면 옛날이지 언제겠니. 아주 까마득한 옛날이다."

"그렇지만 언제라는게 있을거 아닙니까, 태종대왕 3년이라든가 선조 임금 3년이라든가……."

"그런건 몰라도 좋아……어떤 곳에……."

"어떤 곳이 어딥니까?"

"그냥 어떤 곳이다."

"그럴리가 없지요. 통호수가 있을게 아닙니까? 몇통 몇호라구……."

"그런건 모른다…… 하여간 어떤 곳에 소금장수가 살고 있었다."
"성명이 뭐라는 소금장수입니까? 본관은 어디구요?"
"그걸 내가 알게 뭐야? 성명도 본관도 없는 소금장수다."
"그런 법이 어디 있습니까? 강아지도 이름이 있는데요. 바둑이라든가 검둥이라든가……."
"이 소금장수는 이름이 없어, 아무튼지 그 소금장수가 소금을 한짐 잔뜩 지고서 산을 훨훨 넘어가고 있었다."
"무슨 산이었나요?"
"무슨 산인지 모른다. 어떻든 땅보다 높은 산이다."
"산이면 다 땅보다 높지 땅보다 낮다면 땅굴입니다."
"이 녀석아 잠자코 들어, 오냐 내 이제 네 속셈을 알았다. 이야기를 자꾸만 늘어놔서 시간을 끌 작정이지?"
"하하하."
"이야기 그만하고 공부를 하자, 책들 펴라."
에—하며 아주 실망한듯 모두가 투덜댑니다.
"선생님, 밖에 눈이 옵니다. 아까부터 소복소복 쌓이고 있습니다."
"겨울에 눈이 오는거 신기할 것 없다. 오뉴월 삼복 더위에 눈이 쌓인다면 그야 해괴스러운 일이로되, 삼동에 눈이 내리는건 당연한 일이야. 어서 책을 펴라…… 역장이리 오국호아……."
"선생님 이왕이면 눈에 관한 대목을 공부하는게 좋겠습

니다."

모두가 찬성하여 소리를 일제히 지릅니다. 그 기운에 못 이기시는가 봅니다.

"아따 그놈들 하는 수 없군…… 너희들 형설지공이라는 말을 아느냐."

"모릅니다."

"그러면 오늘은 그 공부를 하자. 옛날 진나라에 차윤이라는 사람이 살고 있었다. 어려서부터 책을 열심히 읽고 싶어 했으나 워낙 집안이 가난해서 등잔불을 켤 기름을 살 돈이 없었다. 그래서 반딧불 벌레를 몇십마리 잡아다가 봉투에 넣어 놓고 그 빛으로 공부를 해서 나중에 벼슬이 상서랑에까지 올랐다."

"선생님, 그 얘기 거짓말이 아닙니까?"

"거짓말인가 아닌가 해서 지난 여름에 실험을 해 봤거든여."

"어떤 실험?"

"반딧벌레 여남은 마리를 모기장에 싸가지고 어두운 방에서 책을 읽어봤더니 켜졌다 꺼졌다 깜박거려서 도저히 글을 볼 수가 없었습니다."

"하하하……."

"웃지마라…… 그건 네 눈이 언짢아서 그렇다…… 다음은 눈인데 손강은."

"기름이 없어서……."

"하하하……"

"그랴, 기름이 없어서 펄펄내리는 흰 눈을 그릇에 담아다가 창머리에 놓고 으스름한 그 빛에 대구 책을 읽어서 나중에 큰 인물이 되었지. 어사 대부라는 벼슬을 지냈어."

"선생님, 저번에 말씀하실 때는 손강이 반딧불이구 차윤이 눈이더랬는데요."

"그런건 어느 쪽이래도 상관없어. 요는 반딧불과 눈이나 손강은 나쁜친구들을 사귀지 않은 탓에 뒤에 큰 인물이 되었다."

"선생님 사귀고 싶은 좋은 친구는 집이 가난해서 중이 돼가지고 절로 갔는데, 어떻게 사귑니까?"

"오, 떰치 얘기로구나. 하지만 너 떰치가 다니러 왔을 때 만났다면서? 논어 첫머리에 이런 글이 있다. 유붕자 원방래 하니…… 벗이 있어 멀리서 찾아오니…… '불역 낙호' 아 이 또한 즐겁지 아니하랴…… 그리고 보니 요사이 어째서 글방엘 안 나타나니?"

그때 느닷없이 '탁 소리와 함께 문창호지가 뚫어지더니 주먹만한 눈덩이가 날아들어 왔습니다.

"아이쿠 이게 누구 짓이야? 눈덩이를 던진 것이 눈에 맞아 보니 눈 생각이 난다는 얘기를 하나만 더 하자……. 진나라 사람 왕상은 그 늙은 계모님이 겨울에 잉어를 먹고 싶대서 찾아 나섰다가 얼음 위에 엎드려 있었더니, 눈이 체온에 녹아서 구멍이 뚫어지자 잉어가 튀어 나와서 효도를 했고, 역시 진나라 사람 맹종은 엄동설한에 그 어머니가 죽순을 먹고 싶다고 하므로 대수풀 속을 찾아가 눈물을 흘렸더니 죽순이 돋아나서 역시 효도를 했다. 너희들도…… 아이쿠 눈덩이가 또 날아오네. 이게 아마 필경 곱돌이 녀석의 짓이것다. 태석아, 어째서 곱돌이가 글방엘 안 오느냐?"

"그애 집에 무슨 일이 생겼습니다."

"무슨 일?"

"아버지가 둘이 됐습니다."

"하하하."

"그게 무슨 말이냐? 곱돌이가 거짓말장이니?"

"아니오, 그렇지 않아요."

"그렇지만 예로부터 일구이언은 이부지자랬어. 한입으로 두말을 하는 놈은 아버지가 둘이라고. 아무튼지 훈장을 눈으로 때리는 놈은 이담에 출세 못한다. 불탑 사영이랬지 스승의 그림자도 감히 밟지 않는다고. 그런데 곱돌이는…… 아이쿠쿠 또 눈덩어리야. 이놈아 이부지자야……."

"하하하."

딴은 큰일입니다. 큰사랑에서는 두 옹좌수가 옥신각신 한창 다투고 있습니다. 서로 삿대질을 하며 언성을 높이는데,

"늙은 종 돌쇠야, 젊은 종 몽치 깡쇠야, 말콩 주고 소여물 썰라. 게서 뭣들 하고 있느냐, 춘단아 방 쓸어라."

가짜가 되려 호통이 더 합니다. 어쩔줄 모르는 옹좌수는 화가 머리끝까지 올라서 부들부들 떨며 하는 말이,

"아따 이놈이 누구인데 느닷없이 남의 집에 들어와서 짐짓 주인인체 하노. 죽일놈 같으니……."

"내가 할말을 저놈이 하는구나. 아이구 기가 막혀라. 이게 대관절 무슨 변이람. 백주에 난데없는 놈이 어디서 나타나 가지고 행패가 무수하니 어쩌면 좋아."

"아이구 내 가슴이야. 이런 복통을 할일 봤나. 네놈이 내 재물이 유족한걸 탐내서 주인인체 하니, 하늘이 무섭지 않느냐. 이놈 이놈 이놈……."

"그게 바로 내가 하고 싶은 말이다. 하인놈들 뭣하구 있느냐. 저 가짜를 냉큼 끌어 내지 못하고서."

"예."

"아따 이놈들이 어디다가 대고서 마구 덤벼들어. 너희는 눈도 없느냐. 나를 몰라 보고서 우루루 달려들면 어쩌겠다는 거냐. 저놈이야말로 가짜니까 마당으로 끌어 내서 혼을 내주어 실토를 받도록 해라."

"네."

"이놈들……게 꿈쩍 말고 대령해 있거라. 무심하고 야속한 놈들이로고. 미물의 짐승도 저를 먹여 주는 주인을 알아보

는 법이어늘, 너희는 사람으로 태어난 것들이 나를 무엇으로 알고 발칙한 행실을 하려드느냐, 저 가짜 놈을 당장 끌어 내려라."

"에헴 옹좌수 집에 계신가?"

"오 김별감 마침 잘왔네."

"어서 오라구 김별감. 정말 반가우이."

"이게 어찌된 일이야? 옹당촌 옹좌수에게 쌍동이 형제가 있단 말은 내가 못 들었는데, 어떻게 된일이지?"

"없고말구. 쌍둥이가 있을 턱 있나, 저놈이 가짜야."

"자네는 오랜 내 친구니까 나를 몰라 볼리 없지. 잘 보라구. 샅샅이 살피라구. 진짜 옹좌수는 나라구 나란말이야……."

울상이 돼서 구원을 청합니다. 그러나 김별감도 어리둥절한지 어안이 벙벙하기만 합니다.

"저놈이 엉큼하고 의뭉스럽긴 김별감이 나를 몰라볼리 있나. 자세히 뜯어보게. 내가 옹좌수지? 그렇지?"

"아이구 나도 모르겠다. 머리 골치가 어질어질한걸."

"여보게, 그런말이 어디 있나? 자네가 올바른 판가름을 해줘야지. 안 그래?"

"그렇고 말고. 시비 곡직을 똑바로 가려줄 사람은 자네 밖에 없네."

"나도 모르겠다. 이댁 자부를 나오래서 진짜 가짜를 가려내랄 길 밖에 없어……춘단아, 냉큼 안으로 들어 가서 아씨 마님 바삐 나오시라고 해라, 얼른……"

설치고 안채로 들어선 춘단이가 초조하게 이댁 며느리를 부릅니다.

"아씨 마님……"

"춘단이냐? 왜 그러니?"

미닫이 문이 배시시 열리며 귀찮은 듯이 내다봅니다.

"김별감 나으리께서 아씨 마님을 불러계시와요."

웬일로 김별감이 나를 부르시나 해서 의아해하며 대수롭지 않게.

"뭣이, 누가 불러?"

"구불촌 김별감 나으리지요."

"그 어른이 어디서 나를 부른단 말이냐?"

"큰사랑에 계십니다."

"그게 무슨 말이냐? 아버님께서 부르신다면 용혹무괴로되 김별감이 나를 보잔다니 해괴스럽구나."

"해괴스러운 일이 한두 가지가 아니어요."

"자세히 들어보자. 무슨 일이야? 아버님께서도 사랑에 계시든?"

"계시고 말고요. 계셔도 한분이 아니라 두 분이 계십니다."

"그건 또 무슨 망칙한 소리냐? 아버님이 두분이시라니, 당치도 않구나."

"당치 않은 일이라도 정말인걸 어떡합니까?"

"너 실성을 한게 아니냐? 헛개비를 아버님으로 잘못 본게 아니냐 말이다."

 답답한 일입니다. 시아버님이 두분이 되셨는데 가려낼 수가 없습니다.

"그랬으면야 오직이나 좋겠어요? 두분 중 한분이 헛개비가 틀림 없지만, 어느 쪽이 헛개빈지 분간할 수가 없으니 큰일이지요."

"너는 그렇다지만 김별감 나으리로도 못 알아 보신단 말이냐?"

"모르시겠으니까 아씨 마님더러 판가름을 하시라는 거예요."

"그게 사실이라면 큰일이구나. 세상에 이런 일도 있니?"

"이런 일이 있으니까 야단입니다."

"알았다. 가보자. 내가 보면 첫눈에 알아낼 수 있을거야."

 이런 변이 있습니까. 세상에 아무리 같기로서니 시아버님이 어느 분이신지 분간을 할 수가 없으니 말입니다.

"아따 이런 복통할 일을 봤나. 김별감 내 얼굴을 자세히 뜯어보라구. 자네가 나를 모른대서야 될뻔이나 한 말인가?"

 사정하고 애원하다시피 동정을 구합니다. 그런데 난데없이 나타난 가짜 옹좌수가 펄쩍 뛰며 더 야단입니다.

 "누가 아니래. 내말이 바로 그거야. 자네하고 내가 어디 범연한 사인가. 어릴 때부터 같이 지낸 동접 친구에 소꼽동문데 뭘 이쪽저쪽을 살피나. 진짜가짜를 대뜸 집어내지 못하구서……."
 "글쎄, 다를거 없이 조금만 기다리래두. 며늘 아기를 나오랬으니까 잠시 후면 곧 흑백이 가려질 것이래두."
 "어험 맹랑하다."
 "어험 기가 맥혀."
 며느리는 정말 난감한 모양입니다. 어찌할 바를 몰라하며 두리번 거리다가,
 "춘단아, 이거 집안 망할일이 생겼다."
 "그러니까 아씨 마님께서 꼭 짚어 내셔야 합니다."

"어쩐지 겁이 나는구나."
"기운을 내서 용기를 가지고 만나보셔요."
"오냐, 그래야겠다. 아버님."
하고 크게 부릅니다. 그랬더니 약속이나 한듯이 가짜와 진짜가 동시에,
"오—냐, 새애기냐?"
"오—냐, 며늘애냐?"
어찌할 바를 모릅니다. 괴상하고도 야릇한 사건입니다. 이럴수가 있을까, 며느리는 몸둘 바를 모릅니다.
"어서 오세요, 별감 나으리."
"그랴 얼른 들어와서 네가 골라잡아야겠다. 난 도무지 뭐가뭔지 알 수가 없으니, 어느 편이 너의 시아버님이시냐?"
"그야 물론 나지."
"깔축없는 나다."
"소부도 전혀 알길이 없나이다."
"모른다니 될 말이냐, 그런 소리가 어디 있어? 아가, 내 말 자세히 들어 보아라. 너의 친정 창원 마산포에서 우리집 옹씨 가문으로 시집올제 말바리 소바리 10여필에다 온갖 기물을 실어서 거느리고, 내가 후행해서 뒤따라 올적 일 생각나니?"
시시콜콜히도 다 알고 계십니다. 제제히 지난 일들을 영롱하게도 다 주어 대십니다.

"네, 압니다."

"옳거니 나지? 그때 발정한 말 한마리가 몸부림을 치는 바람에 놋동이 하나가 짐에서 떨어져 작살이 난거 알지?"

"네, 압니다."

"자, 이래도 날 가짜라고 할테냐?"

"아이구 이놈 말솜씨 좀 들어보게 그때 그 놋동이가."

"잠깐 내 말 좀 들어. 옹좌수 그 깨진 놋동이 어떻게 했는지 말해보게."

"음 말함세. 그 자리에서 버려버릴까 했는데 우리 집안에 처음 들어오는 물건이고 또 쇠붙이라 버리기가 아까워서."

"아무렴! 색보자기에 싸서 다락에 얹어 두었지. 아가 내 말이 틀리냐?"

"사실입니다."

"자 봐 이만했으면 내가 진짜가 아니라구? 하하하, 네 이놈 가짜야 썩 물러 나거라."

"그 보자기가 빨, 주, 노, 초, 파, 남, 보, 7색 헝겊 조각으로 된것이것다."

"그렇습니다."

"자 어때? 다들 들었지? 이 맹랑한 가짜놈아. 냉큼 본색을 드러내라."

"뭣이 어쩌구 어째? 이놈……."

"제 놈이 도리어……."

"잠시만 말미를 주십시오."

"무슨 묘안이 있는가?"

"우리 시아버님께서는 머리 꼭대기 정수리에 금이 한가닥 있고 금 한복판에 백발이 있으니 그 표를 보여주십시오."

"음? 아기가 그런거 까지를 어찌 아노?"

"센 머리카락 뽑아 드릴적에 익히 보아 두었습니다."

"하하하 그말 한번 잘했다. 있지 있구말구. 너는 과시 영민하구나."

"암 여부가 있어. 내게는 그 센머리가 있지."

"어서 망건 벗고 상투 풀어서 그 흰털을 내게 보여주게."

이번에는 영낙없이 가려 낼 것 같습니다. 그런데 이게 웬일입니까.

"음—자 보게. 이거 아닌가?"

"음—이거 보라구. 파 뿌리처럼 하얗지 않은가?"

"차례로 머리를 좀 보수."

"자—"

"자—"

난감하기 짝이 없습니다. 김 별감도 별수 없나봅니다.

"골통들 한번 딱딱도 하이. 송곳으로 찔러도 피한방울 안 나게 생겼는걸."

"저어 우리 시아버님은 귀 뒤에 사마귀가 하나 있습니다."

"음, 자세히도 봐 뒀구먼. 신체 검사를 하였던가?"

"하하하, 옳게 보았어. 김별감 이걸 보게. 사마귀 아닌가? 있지?"
"음, 있어."
"별감 나으리, 이쪽이 우리 시아버님이십니다."
"이런 답답한 일 봤나. 아이구 내 가슴이야. 가짜를 아비라 하고 진짜더러는 가짜라니 코 안 막고도 숨이 막힐 노릇이로군. 김별감 내 사마귀도 좀 구경해 주게. 자, 어떤가."
"허어…… 틀림없이 있구먼, 자, 이렇게 되고 보면 까마귀의 암수(자웅)를 어찌 가리나. 이러다가는 나까지도 정신이 좀 이상해 지겠는걸. 어렵쇼 벌써부터 머리가 어찔어찔해. 난 모르겠네. 둘이서 해결해."

당황해 하며 김별감의 옷소매를 잡습니다. 누구보고 가려내 달라고 할 겁니까, 딴은 큰일입니다.

"아—이 이 사람 이 마당에서 자네가 일어서면 어떻게 되라는 게야. 이왕 내친 걸음이니 해결을 해줘야 하지 않겠나?"
"다시 이를 말이야? 나도 그렇게 생각해. 김별감, 자네 손으로 꼭 귀결을 내줘야 하네. 저 가짜 놈의 바탕을 폭로해야 해."

누가 누군지 알길이 없는데 한수 더 떠서 야단법석들입니다.
"가만들 있어봐, 내 궁리를 좀 해야겠어. 자, 이 일을 어찌하면 좋다지?"

옹당촌의 이변

온통 옹당촌이 벌컥 뒤집힐 만큼이나 소동이 났습니다. 귀신이 곡할 일이 아니고 이 일이 뭐겠습니까.
"곱돌아, 너희집 일은 판가름이 났니?"
동네집 불구경 하듯 사뭇 명랑한 표정으로 아무렇지도 않다는듯이 대꾸합니다.
"판가름이 무슨 판가름이니, 쉽게 끝날 일이 아니다."
"그렇다면서 넌 걱정도 안 되는 모양이구나."
"걱정을 해도 소용 없어. 두 어른 중의 한 분은 틀림없이 우리 아버지일 텐데 뭘."
"그건 그렇지만 진짜 아버지가 얼마나 속이 타겠니?"

"속이 타도 싸. 자작자수이고 자업자득이지. 우리 아버지지만 혼좀 나 보셔야 한다."

"너는 도리어 시원하니?"

"시원할 것도 없지만 인심을 그렇게 잃고 한몸에 원망을 그렇게 잔뜩 짊어졌으면 벌을 받을 것도 당연하지 않니? 벌받는게 좋아서가 아니라, 이 기회에 개과천선하고 착하고 올바른 아버지가 돼 주셨으면 좋겠어."

"그렇게 되기까지에는 아직 한참 걸릴 거야."

"나도 그렇게 보고 있어. 한참 말썽이 있고서야 끝장이 날 테지."

"그럼 넌 진짜 가짜의 판가름이 얼른 나지 않을 걸로 내다 보고 있구나."

"일이 그렇게 생겼지 않니? 어차피 올게 왔어. 이번 기회에 아버지가 착한 사람 되어지라고 빌고 있을 뿐이다."

"그러니까 결국 진짜 옹좌수 아저씨가 고생을 하게 될게 아니니?"

"하는 수 없지 뭐. 아무튼 일은 맹랑하게 됐어. 가짜가 집에서 살고 진짜가 쫓겨날 판이니 말이야."

"하하하, 그래도 좀 안되긴 안 됐다."

"난 당분간은 그 일을 생각하지 않기로 했다. 그렇게 할 수 밖에 없는 노릇이기도 하구."

"곱돌아, 그럼 내일부터는 너도 천연덕스럽게 글방엘 다니

려무나."

"그래야 할까봐."

"그렇다면서 아까 눈덩이로 훈장은 왜 때렸니?"

"나는 계속 고약한 짓을 해야 진짜 아버지가 정말로 반성을 하시게 될 거니까. 어쨌거나 내 생각으론 일이 잘 돼 가느라고 이번 사건도 생겨난 것 같다."

"서방님, 서방님."

춘단이가 호들갑을 떨면서 숨이 턱에 닿아 가지고 달려오며 불러 댑니다. 귀찮기도 하고 또 무슨 일이 일어났나 궁금하기도 합니다.

"왜 그러니? 춘단아."

"여기 계신줄 모르고 얼마나 찾았다구요."

"왜?"

"김별감 나으리께서 집에 와 가지고 서방님을 모셔 오라고 하셔요."

"나는 데려다가 뭘 한다든. 그래, 어떻게 됐니?"

"두분이서 아직도 내가 진짜다, 너는 가짜다 하고서 으르렁 대고 계셔요."

"돌아가서 말해라. 나는 안 간다더라구. 태석아 우린 놀러나 가자."

"응, 그러자."

이제 내 아들 곱돌이만 와봐라. 어디 보자는 식으로 벼르고 목이 길게 초조하게 기다리면서도 옥신각신 서로 삿대질이 한창입니다.

"흥, 춘단이가 데리러 갔으니 우리 곱돌이가 오기만 해 봐라, 시시비비가 환히 밝혀지고야 말테니."

"흥, 춘단이가 데리러 갔으니 우리 곱돌이가 와만봐라, 시시비비가 환히 밝혀 지고야 말테니."

"지금은 네가 큰소릴 해도 소용없어 요놈 요놈, 요놈."

"지금은 네가 큰소릴 해도 소용 없어 요놈 요놈."

"사기꾼."

"누가 아니래, 사기꾼 같으니라구."

"협잡배."

"협잡배."

"도둑놈."

"도둑놈."

"자, 이런 기가 맥힐 데가……"

"자, 이런 기가 찰데가……"

"흥."

"흥."

"용용 죽겠지."

"용용 죽겠지."

"천년 묵은 불여우."

"천년 묵은 불여우같으니라구."
"구미호."
"구미호."
"아따 시끄러워. 곱돌이가 오면 곧 알게 될껀데 뭘 그래."
"아따 시끄러워."
"누가 할소리."
"별감 나으리."
"오 춘단이냐?"
미닫이 열리며 채근하듯 곱돌이 서방님을 찾습니다. 여기 이 판국에서는 구세주이기나 한것 같이. 그런데 이게 웬일?"
"곱돌이는 어디 있니?"
"몰라요, 서방님이 어디로 가셨는지."
"못 만났느냐?"
"만나기는 만났는데 어디론가 가셨어요."
"모시고 오랬지 않어?"
"가시자고 했는데 안 오신다고 해요."
"안 오다니 안 오고는 어쩌게. 집안에 변이 생겼는데 안 와?"
"그래도 안 오신다는 걸 억지로 끌고 오나요?"
"저런 불효 막심한놈 봤나."
"저런 불효 막심한놈 봤나."
화가 머리끝까지 난 옹고집은 벌떡 일어나더니 드잽이 싸움이라도 걸 양으로 삿대질을 하며 고함을 지릅니다.

"왜 남의 흉내만 내?"

"왜 남의 흉내만 내?"

"옹좌수 자네 아들도 상관을 않겠다는 노릇을 나더러 어쩌라는 게야? 난 바빠서 그만 가겠네."

"말이 되나? 결판을 내줘야 해."

"부탁하네, 김별감. 봐주던 김이니 끝까지 봐줘야지."

"그러면 마지막으로 자네 부인을 나오시래서 알아 내시라고 하는 수 밖에 없겠어."

"나오랜다고 말을 듣게 생겼어? 저 가짜놈 앞에 나타날라구?"

"물론이야. 남녀가 유별한데 행세하는 집안의 내외하는 안방 마님이 외간 남자 앞에, 더구나 저런 가짜놈 앞에 나타날리 없지."

"아무려나, 춘단아 너도 보다시피 이런 형편이니 내실에 들어가서 사정을 잘 여쭙고서 잠시 큰사랑으로 나오십사고 여쭈어라."

"네."

조심조심 내실문전에 다가 간 춘단이가 마님에게 사정을 말씀드립니다.

"……이런 형편이니 아무래도 마님께서 나가셔야 일이 해결이 날것 같습니다."

"에그 원 이게 웬 변이냐, 그렇지만 못나간다. 내가 좌수님께 시집올 제 검은머리 파뿌리 되도록 해로백년 하자하고, 해보고 달을 두고 굳게굳게 맺은 언약 철석같이 지니고 있어 송백처럼 살았는데, 이 나이에 남편이 둘이라니 하늘이 두쪽날 일이지. 이런 해괴한 일이 또 있느냐. 나는 못 한다, 나는 안 나가, 이왕에 패가 망신을 할 바에는……."

"마님 이런 말씀 드리기는 안됐지만 집안의 큰 변을 보시는 터인데 체모만을 가릴 수 있겠습니까. 어서 나가셔서 화가 더 번지지 않도록 하시는게 요긴할까 합니다."

역정을 내시면서 '무엄하고 발칙하다 어느 앞이라고,' 하며 화가 치솟습니다.

"네가 바로 나를 타이르려 드는 거냐. 방자하다. 다물고 있거라."

"어머님."

"왜 그러니? 아가."

금세 부드러운 음성으로 고치시며 며느리의 소리에 귀를 기울입니다.

"큰사랑에서 급히 나오시라는 전갈입니다."

"누가? 느 아버님께서?"

"예."

"하지마는 둘 중의 하나는 가짜인데 그 말을 어찌 믿니?"

"그렇지만 두 어른 중 한 분은 아버님이 틀림없지 않습니까."
"그것은 그렇다마는."
"어서 신발 신으십시오. 모시고 나가겠습니다."
"에그—이 일을 어쩌면 좋아."

울상이 다 된 남편 옹좌수는 아내의 판단에 마지막 기회를 맡기고 어쩔 줄 모릅니다.
"여보 마누라, 임자가 똑바로 보고 틀림없는 판단을 내려야 하네."
"예."
"그렇구 말구. 추호라도 잘못보면 큰일이야."
"알겠습니다. 우리 낭군님이 새로히 좌수 첨지를 받았을 때 도포를 급히 짓다가 다리에 불똥이 떨어져서 안자락이 타서 구멍이 뚫린 자국이 있을 테니 도포 안을 좀 보여 주시오."
애원하다시피 마누라에게 판가름을 받을 양인 옹좌수가 '이거야 명안이지' 여기는 너 못당하지 하고 안심한 것도 한 순간,
"누구는 뭐 그런게 없는줄 아남. 마누라 이것 좀 보소. 이 구멍 불자국이 분명하지?"
"아이구머니나 세상에 어쩌면 이다지도 닮았을까. 영락없는 불구멍이요."

"이러니까 큰일이야."

"이러니까 큰일이야."

"그렇지만 너무 상심 마십시오. 옛날에 공자님도 노나라 간신 양호의 모함을 받아 한때 곤욕을 치렀으나 누명이 벗겨져서 다시 성인이 되셨습니다. 대성 공자님도 욕을 당하셨는데 우리네야 그런거 문제나 되겠습니까. 언젠가는 다 잘 될터인즉 안심하십시오."

"마누라 고마워, 위로를 해주니."

펄펄 뛰는 남편을 무슨 말로 위로할 수 있겠습니까. 그러나 어찌합니까. 이렇게라도 일러서 무슨 묘안을 생각케 하도록 해야 할 것 같습니다. 그런데 느닷없이 가짜 옹좌수가 더 날뛰며 선심쓰듯 아내의 비위를 살살 맞춰가며 한다는 말이

"저런 현철한 마누라니까 진짜 가짜를 곧 가려내고야 말거야. 여보 마누라, 이제부터 내가 하는 말 자세히 들어보소. 우리가 혼인해서 화촉동방에서 첫날밤을 지새울 적에 임자가 수줍어 하는걸, 내가 좋은 말로 달래면서 옷고름을 끌러줬지. 그때 그일 생각나?"

"예, 그런 일이 있었습니다."

"나도 생각 나네. 치마 고름이 옭매어져서 무진 애를 먹지 않았던가."

"네 그렇소, 그말도 옳습니다."

이러지도 저러지도 못할 일들이 너무나 골치를 아프게 합니다. 김별감으로도 별 도리가 없으니.

"아이구 나는 모르겠다. 머리통 속에서 골수가 덜렁덜렁하기 시작했네. 여보게 옹좌수, 이번엔 정말로 갈 것이니 나를 제발 붙잡지 말아주게."

"안되네 못가요."

"김별감 나를 버리고 갈 셈인가?"

"아이구 나보고 대관절 어떻게 하라는 거야."

울상이 다 되었습니다. 어찌할 바를 몰라 하는데,

"아가."

"네."

"네 남편은 어딜 가서 집안의 변괴를 모른체하고 있다드냐?"

"글방에 간다고 출입했습니다."

"다 저물게까지 있겠냐마는 글방으로 사람을 보내 보자."

"춘단이가 다녀 왔는데 안온다고 하더랍니다."

"친구 어른도 안식구도 또 며늘애까지도 분간 못하지만 아들은 혹시 알까했더니 어디엘 가 있다는 말이냐?"

발끈해서 성을 내지만 야속한 마음이 더 앞섭니다. 이럴수가 있다는 말입니까.

윷가락 던지는 소리가 요란합니다. 모야, 개야, 걸이야, 윷

도야, 야단 법석들입니다. 이 소리가 담밖까지 들립니다.

"걸, 걸이다. 석동짜리 말이 잡히구 쉿—웃……뉘—스, 얼씨구 모다. 하하하 난 다 나버렸다. 태식아 더 할꺼냐?"

"그만두자 연거푸 내리 지기만 하는데 무슨 흥으로 더 하니?

"오늘은 어째서 손이 안나니? 윷놀이라면 독판을 치던 네 솜씬데."

"딴 생각을 하고 있어서 그런가봐."

"어떤 생각? 무슨 걱정이라도 있니?"

"음 내 걱정이 아니라 네 걱정이다. 나, 이 윷가락을 보면서 가만히 생각했어. 윷짝은 어쩌면 이렇게 서로들 닮았을까 하구서."

"윷짝이 그럼 서루 닮지 않으면 어떻게 되라구."

"어느게 어느건지 가려낼 수가 없지 않니? 모두가 그만 그만하니까."

"가려내서는 뭘해? 윷놀이만 하면 그만이지."

"곱돌아, 윷짝은 가려낼 필요가 없지마는 느네 아버지 일은 한시 바삐 판가름이 나야하지 않겠니?"

"물론 그래야 하지만 우리 아버지가 정말로 회개를 하기 위해서는 좀 오래 끄는 것도 해롭지 않아."

"하지만 걱정이다."

"걱정도 팔자구나. 나보고는 자식된 도리로 효도를 하라면서, 아버지는 할머니에게 아들된 도리를 안하고 있는데 나더러 어쩌라는 거니?"

"네 말이 옳긴 하지만 언제나 끝장이 나겠니. 지금 이 시간까지도 아귀다툼을 하고 계실게 아니냐?"

"그럴거야. 밤잠을 안 주무시면서 아마 며칠은 계속될지 몰라."

아들된 도리에 마음이 아무렇지 않을 수는 없습니다. 이번 기회에 아버지가 마음을 고칠 수만 있다면 하는 바람입니다.

김별감은 애원하는 옹좌수의 팔을 뿌리칠 수 없어 오도가도 못하고 있는데,

"이놈—"

"요놈—"

"아이구 귀가 따가워라. 그럴거 없이 제비를 뽑아서 정하는게 어때? 윷놀이를 한판해서 이기는 편을 진짜로 한다든지."

"김별감 그걸 말이라구 하나? 내가 진짜 옹좌순데 윷놀이는 왜 한다누."

"나도 그래. 저놈이 가짠데, 만일 내가 지는 날엔 어떻게 되라구."

"그럼 어서 맘대로들 하라구. 내가 이 자리에 더 있으면 성

을 갈겠다. 잘들 해 보게."

 김별감은 붙잡을 사이도 없이 바람처럼 미닫이 문을 사납게 열고 밖으로 단숨에 내닫습니다. 딴은 이제부터 더 큰일입니다. 낭패입니다. 김별감까지 가버렸으니…….

"김별감!"
"김별감!"

 사랑채에서는 아들 곱돌이가 코를 골며 자고 있는데 벌써 첫닭 우는 소리가 들려옵니다. 걱정도 안되는지 태평스럽게 자고 있는 서방님이 야속하기까지 합니다.

"서방님……서방님."

 조용 조용히 부르는 아내의 소리에 선잠을 깬 서방님은.

"응? 왜 그래 색시."
"큰사랑에서는 아직도 두런두런 말씀들을 하고 계세요."
"그야 그럴테지. 하루이틀에 끝날 일이 아니니까."
"서방님은 태평이시우? 아버님께서는 잠도 못 주무시고 곤역을 치르시는데, 그래 잠이 와요?"
"난 잠이 와 아—함, 색시도 어서 잠이나 자."
"난 밤새도록 뜬눈으로 밝혔어요."
"글쎄 왜 그래? 못 주무시는 분들은 밤샘을 하더라두."
"어디 잠이 와요? 이게 예삿일입니까? 정말 집안의 큰일인걸요."

"그건 나도 알지만 낸들 어떡해? 아무도 가려내지 못 하는걸."

"다른 분은 안돼도 서방님은 되셔요."

"되더라도 난 안해."

"네에, 되더라도 안하시다니?"

"안하고 말고."

"……곱돌이 일어났니?"

갑자기 시어머님이 부르는 소리에 놀라면서 며느리가 큰 소리로 대답합니다.

"서방님, 어머님이 건너 오셨어요. 네, 어머님."

하고 미닫이 문을 열고 어머님을 맞으며 반색합니다.

"어머님, 들어오셔요."

"오냐."

"어머님 밤사이 안녕히 주무셨습니까?"

"자긴 어딜 자니, 곱돌아 잡담제하고 큰 사랑으로 나가 보아라."

"나가기나 하면 뭘합니까? 어머니도 친구분도 분간하지 못하는 걸 말입니다."

"설령 안된다고 하자. 그렇더라도 집안에 망측스런 일이 생겼는데 네가 잠자코 있어서야 되겠니? 날이 새기전에 흑백을 가려놔야 망정이지 자칫 바깥에 소문나기 쉽다."

"소문은 이미 났어요."

"뭐? 벌써 났어?"

"에그 이 일을 어쩌면 좋아, 느 아버지께서 스님만 보면 종을 불러서 결박을 짓구 악형을 무수히 가해 부처님을 업신여기셨고, 또 병환으로 누워 계신 늙으신 어머님을 푸대접하더니만 그 죄로다가 기어코 이런 벌을 받게 되나보다."

"어머니도 알고 계시는군요."

약간은 마음이 후련합니다. 어머니는 아버지를 닮으시지 않으시고 올바르게 알고 계시다니 말씀입니다.

"내가 왜 모르겠니? 세상만사는 심는대로 거두는 게야, 하지만 그렇다구 이냥 버려둘 수는 없지 않겠니?"

"이게 만일 천벌이라면 사람의 힘을 가지고는 어쩔 수 없는 일 아닙니까? 가만 내버려두고 하회를 기다려봅시다."

"그건 안된다. 할 수 있는 데까지는 열심히 해보고 나서 천운을 기다려야지. 그러니 너 다른 말 말고 얼른 큰 사랑으로 가서 네 그 총명한 눈으로다 판단을 똑바로 해라."

"싫지만 하는 수 없군요, 그렇게 하겠습니다."

"오냐, 잘 생각했다. 숫제 남인 김별감까지 애를 써주시는데."

내키지 않는 일이지만 어머님의 청을 뿌리칠 수 없어 부시시 아버지 거처로 나왔습니다. 그런데 잠도 안 주무시고 두분이서 옥신각신 주고 받는 말이 몹시 지쳐 보입니다.

"무어니 무어니 해도 내가 진짜다."

"누가 뭐란대도 내가 진짜야."
"그러믄요, 동네방네 모르는 사람이 없다구요."
"아버지."
구세주라도 만난듯이 반갑게 다정하게
"곱돌이냐? 어서 들어온."
"네."
"곱돌아, 너 마침 잘나왔다. 춥지? 게 앉거라."
"별감 아저씨 수고가 크십니다."
"내야 뭘. 그런데 곱돌아, 이게 대관절 웬일이냐, 이젠 네가 마지막 결판을 내야겠다. 너 보기에는 어느 쪽이 진짜 아버지 같으냐?"
"그야 물론 나지."
"어렵쇼, 진짜는 나야."
"자네들은 좀 입 다물고들 있어……응, 어느 쪽이냐?"
"모르겠는데요."
"너까지 모른다면 이게 어디 끝이 나겠니?"
"이왕 이렇게 된 바에는 두 분 다 모시고 살아가죠."
"말도 안된다 그건……가만있자 아들도 모르겠다면 아예 마지막으로 자당께 여쭈어 보는 길밖에 없겠다. 곱돌아, 할머니 안에 계시지?"
"계시잖구요, 긴병 앓아 누워있는 어른이 어딜 갔겠어요?"
"됐다. 그렇게 하자. 여보게 옹좌수, 우리 자당 어른께로 가세"

"가도 좋아."

"나도 물론."

"그럼 일어들나. 날이 새기전에."

"알았어, 이놈 가짜야, 얼른 나서라."

"요놈의 여우야, 냉큼 일어서."

 개과천선한듯 상냥하게 어머님에게 매달리는 아들 옹좌수는 갑자기 사람이 변한듯이 살뜰하게,

"어머니, 밤사이 편히 쉬셨습니까?"

"아니, 이게 누구야. 네가 새벽 문안을 다 들어오고, 오래 살다보니 별일 다 본다……편히 쉬었느냐구? 다 늙어 죽게 된 늙은이가 편할리 있니? 목숨이 모질어서 아직 살아 있을 뿐이구나."

"어머니, 병환은 좀 차도가 있습니까?"

"이, 이건 또 누구야? 아무래도 죽을 때가 가까왔나 보다. 네가 둘로 보이니."

"노인 어른, 저를 알아 보시겠습니까?"

"알구말구, 구불촌 김별감 아니라구, 웬일들인가? 우루루 밀려 들어오니."

"저는 몇으로 보이십니까?"

"자네는 하날세, 하나로 보여."

"맞습니다. 저는 하납니다."

"그런데 어째서 우리 좌수는 둘로 보인다지?"
"좌수는 실상 둘입니다."
"말도 안돼. 나는 쌍동이 아들을 둔 적이 없어."
"저도 압니다. 옹좌수가 쌍동이 짝이란 말은 못 들었으니까요."
"다시 이를 말인가. 그런데 이게 어찌된 일이야? 꼭같은게 둘이 나타났으니."
"어머니, 둘 중의 하나는 가짭니다."
"그렇습니다. 제가 진짜구요."
"무엇이? 하나는 가짜라니, 그러면 천년묵은 불여우가 날 홀리려고 조화를 부리기라도 했단 말이냐?"
"누구의 조화인지는 알 수 없어도 분명히 둘은 둘입니다."
"그러면 어느 쪽이 진짜야?"
"그걸 알 수가 없어서 들어온 길입니다. 노인 어른께서 진짜 가짜를 가려주셔야 겠습니다."
"어머니, 제가 진짜지요?"
"어머니, 저 놈이 가짜지요?"
"난 눈알이 팽팽 돈다. 뭐가 뭔지 알 수가 없다."
 가슴이 덜컥 내려앉습니다. 노망이 나셨는지 아니면 평소에 돌보지 않은 탓인지 종잡을 수가 없습니다.
 "모르셔도 됩니다. 다만 어느 쪽이 노인 어른이 낳아 기르신 아들인지만 골라내시면 되겠습니다."

"어릴 때라면 모를까, 우리 좌수가 어른이 되고 부터는 같은 지붕아래 살면서도 얼굴을 자주 대할 기회가 없어서 잘 모르겠네."
"그래도 어느 한쪽에다 점을 찍어 주셔야 합니다. 아니고는 집안이 결단 나는 판이니까요."
"결단이 백번 나도 모르는 건 몰라, 에이 끔찍해라. 별 일 다 보겠군……."
그러고는 기침을 연신하시며 말을 잇지 못하십니다.
"그러면 노인 어른 소견으로는 어떻게 하면 되겠습니까?"
"그걸 내가 어떻게 알아? 용한 무당이나 판수를 불러다가 무꾸리를 하기 전에는 판가름이 날 것 같지가 않다."
"옳지 그런 길이 있었군요, 알겠습니다. 자 나가세."
"빨리들 나가, 꼴도 보기 싫어."
이런 때나 찾아온 아들이 야속하신지 콜록콜록 기침을 하시면서 화를 내십니다.
딴은 야단났습니다. 어쩌면 좋다는 말입니까. 낙심천만입니다.

"색시, 어떻게 됐지? 굿하는 소리, 경읽는 소리로 큰사랑이 온통 떠들썩하던데."
"네, 무당 판수가 줄줄이 다녀갔대요."
"그랬더니? 알아냈대? 누가 누군지를."

"무당도 판수도 모르더래요."
"그럴거야, 그래서 어떻게 한다지?"
"이번엔 아주 마지막으로 관가에 송사를 해서 판가름을 내리기로 한다는군요."
"송사? 재판을 받는단 말이지?"
"네."
"집안 일을 남에게 들고 가서 판단을 받는단 말인가?"
"그럼 어떻게 해요? 할 수 없는 거죠 뭐. 그래서 지금 큰사랑에서 진짜 아버님과 가짜 아버님이 김별감 어른이 보는 앞에서 서로 솟장을 쓰고 있대요."

 흥 별꼴이야라는 듯이 어기차 하면서도 별로 걱정하는 빛이 없어 보이니 별일입니다. 김별감까지도 몸이 달아 야단인데, 며느리가 보기엔 남편이 야속하기까지 합니다.

"다들 썼나?"
"응, 다 썼어."
"나두."
"이리 좀 줘보게."
"여기 있어."
"옛네."
 너도 나도 다투어 김별감 앞에 종이를 갖다 놓습니다. 그런데 이게 웬일입니까?

"음……실상인즉 내가 옹좌수의 글씨를 옛날부터 잘알고 있기 때문에 글씨로 판단을 해볼까 했는데, 이것도 틀렸군. 글씨까지도 이렇게 닮을 수가 있나. 두 장이 꼭 같애."
"내 글씨가 진짜지."
"천만에 내 것이 그래."
"아무려나 오늘은 끝장이 날 판이야. 자 우리 함께 관가로 가세."
"가자구."
"가세."
친구 태석이가 시무룩해 있는 곱돌이를 보며 부릅니다.
"곱돌아!"
"응?"
"너 오늘 어째 기분이 우울해 보이는구나."
"명랑할리 없잖니?"
힘없이 어깨가 축 쳐진 친구가 보기 딱한지 궁금해서인지 채근하듯 묻습니다.
"그건 나도 짐작이 간다만 어제하고는 너무나 달라서 하는 말이다."
"같을 수가 없지. 집안에서의 창피한 일이 천하에 공개되게 생겼는데 그래도 같다면 난 병신이게?"
"뭐가 또 새로운 판국이 벌어졌니?"
"음, 두 분이서 진짜는 나다. 가짜는 너다 하고서 몇 날 며칠을 다툰 끝에 아무래도 해결이 나지 않으니까, 관가에 내는 숫장을 써가지고 둘이서 상투를 잡은채 오늘 아침 원님을 찾아갔다."

"저런! 결국은 그렇게 되구 말았구나."

"그러니 마을사람들이 손가락질을 하면서 조옴 구경을 잘 했겠니? 비웃기는 또 얼마나."

"이왕에 무릎 쓴 망신인데 어떡하니 때를 기다리고 있을 수 밖에."

"그야 네 말도 옳지만 뭐니뭐니 해도 우리 아버지 일이 아니니? 처음에는 시원하게 잘된 일이라고 생각한 때도 있지만 역시 좋아할 일이 못돼."

딴은 고소하다고도 생각했지만 일이 이 지경에 이르렀으니 그렇게만 느끼고 있을 수는 없고, 얼마나 곱돌이가 걱정되면 저다지 우울할까 동정도 하며 위로합니다.

"물론 좋아할 성질이 아니지만 별 수가 없다. 좌수 어른께서 좀 고생은 되시겠지만 약은 될 거니까."

"약이 지나치게 잘 들어서 되려 잘못되는 예도 있거든. 난 그게 걱정이다."

"설마 그렇기야 할라구? 잘 되겠지 뭐."

"그건 두고 봐야 해, 지금쯤 동헌에 나란히 꿇어앉아 하회를 기다리고 계실 일을 생각하면 딱하고 민망해서."

"아직이야 뭐 그렇겠니? 재판받을 차례를 기다리고 계시겠지, 관가에서 하는 일이 그렇게 빠른 줄 알어?"

 간드러진 목소리로 알랑대는 목랑청이 사또를 부르고 있습니다.
"사또."
"뭐야? 목랑청."
"좀 들어가도 무관할까요?"
"들어는 오오마는 무슨 일인데?"
"황공합니다. 에헴 잠깐 실례."
 허리가 땅에 닿도록 굽실거리며 황송해 어쩔줄 모르며 들어선 목랑청을 향해,
"게 앉소."
"예, 헤헤헤."
"뭔데 그다지 바삐 들어왔노?"
"다름이 아니 옵고 좀 까탈스러운 송사가 들어 왔나이다."
"송사라면 대체로 까탈스러운 것이지."
"옳은 말씀입니다만서도 이건 좀 얽히고 설킨 실 매듭 같아서 잘 풀어지지가 않을 것 같습니다."
"아무리 복잡한 사건이라도 목랑청의 지혜로 안되는 일이 없었는데 뭐가 어찌 됐다는 거요? 말을 해보오."
"예, 일이 참으로 맹랑하게 됐나이다. 다른 일 같으면야 육방과 의논해서 소인이 해결하면 되겠지만서도, 이 송사만

큼은 아무래도 사또께서 친히 결판을 내리셔야 할 듯 하오이다."

원님은 짜증이 나는지 양미간을 찌푸리며 채근을 합니다.

"하아— 그 사람 답답도 하이. 그러니까 어서 내용을 들어보자니까."

"예, 쌍동이도 아닌데 똑같이 생긴 두 사람이 나타나 가지고 네가 가짜다, 내가 진짜다 하고서 다투는데 요것이 조거 같고 조것이 요거 같아서 도저히 진짜가짜를 가려낼 길이 없나이다."

딴은 들어보니 요상한 일에 흥미가 끌려서 바짝 다가앉으며 자초지종을 듣습니다.

"그래애? 하지만 그러할 리가 있나. 용모는 비슷하다손 치드라도 옷차림이나 소지품들로 보아 모르지 않을 성싶은데."

"모릅니다, 이건 절대로 모릅니다. 얼굴이 닮았는데다 의복은 물론이요 머리, 가슴, 팔뚝, 다리까지가 신통히도 같을 뿐더러 목소리에 붓글씨 까지도 일점 일획 틀린데가 없으니, 수지 오지 자웅(誰知烏之雌雄)이라지만 까마귀의 암수를 가려내기가 오히려 수월할까 하나이다."

"흠—그렇다면 둘 중의 하나는 분명히 가짜렸다."

"물론입니다."

"그 가짜의 정체가 무엇일까?"

"귀신의 조화거나 요사스런 짐승의 장난인가 하여이다."

"조화도 좋고 장난도 무방하지만, 무슨 목적이 있어서 하는 짓이 아닌가?"

"그렇습니다. 재물이 풍족하니 그것을 탐내는 소행으로 여겨지옵니다."

"그런 일이 자주 일어나면 혼란이 일기 쉬우니 초전에 박살을 내야겠어, 바삐 본색을 가려서 그 가짜놈이 꼬리를 드러내도록 만들어야……."

"헤헤헤 마음은 그럴 작정이지만……. 그것이 잘 안 된다는 말씀이야. 비복들은 물론이고 늙은 어머니 젊은 며느리에 아들과 마누라가 보아도 모르는 걸, 소인네 따위가 어찌 구별을 합니까요."

"무엇이 마누라도 모른다고? 옛말에 기처(其妻)는 불식(不識)이나 기우(其友)는 식지(識之)라 했어. 마누라는 몰라도 친구는 안다고—막연한 친구를 불러다가 감정을 시켜보면 좋았을 걸 그랬어."

"그도 해보았지만 소용이 없었나이다. 소꿉친구를 불러다가 대질을 시켜 보았건만 소용이 없었나이다."

"친구도 몰라? 그렇다면 낸들 어이……."

속수무책 해결책이 있을리 없다고 원님은 포기하려합니다.

"사또! 기운을 내시오. 여기서 주저 앉아 버리면 재판이 흐지부지 됩니다."

"딴은 그래. 아무튼지 내가 그자들을 만나 볼 터인즉, 목랑청은 물러가 두 백성들을 동헌에 대령토록 하고 송사를 기다리게 하오."

"예."

모두가 긴장도 되면서 이제 됐구나 하고 와글와글 떠들어 대는데 목청을 돋우며 큰소리로,

"일동 차려—. 성주 마님 좌기(坐起)요—."

"쉬엇."

"쉬엇."

원님 사이 뒀다가 의젓하게 기분을 가라앉히며 묻습니다.

"그래, 네 어디에 사는 누구라?"

"예, 민(民)은 옹진골 옹당촌에 사는 백성으로 성은 옹이옵고 이름은 고집이라 하옵니다."

"또 그 쪽은."

"예, 민도 옹진골 옹당촌에 사는 백성인바 성명은 옹고집이라 하옵니다."

큰일입니다. 어느 쪽을 봐도 다 똑 같으니, 무슨 신통력으로 가려내나 큰 고민이 벌어졌습니다. 원님은 독백처럼 혼잣말을 합니다.

"흠―신통하게도 닮았군."

"그러합지요?"

"두 백성의 솟장을 보아 대개는 송사 내용을 짐작하거니와 무엇이 억울한지, 그래서 어떤 판결을 원하는지 소상히 아뢰어라. 이쪽부터."

"예, 민은 옹당촌에서 몇대를 살아온 백성인 바 천만 뜻밖으로 알지도 못하는 자가 뛰어들어 민이 살고 있는 집이 제 집이라 하고 민의 식솔을 자기 식솔이라 하오니, 원 세상에 이런 불칙한 일이 또 있사오리까. 명철하신 성주께서 이 놈을 엄히 문초하사 거울같이 밝은 처사로 흑백을 가리신 연후에는 다시는 이러한 협잡을 못하두록이 따끔하게 징치하여 주시기만 바랄 뿐이올시다."

"다음은 저 쪽."

"민이 아뢸 말씀을 저놈이 몽땅 먼저 다 하였으니 민은 어안이 병벙하와 아뢸 말씀이 따로 없나이다. 명철하신 성주께서는 깊이 통촉하사 허실을 가려내어 저 놈이 가짜인것만 밝혀진다면 당장 죽더라도 여한이 없겠나이다."

딴은 기가 찬 일입니다. 양쪽에서 모두 제가끔 진짜라고 우겨대니 말입니다.

"양옹이 옹옹거리니 진가를 도무지 알수가 없구나. 오늘은 이만 휴정하고 내일 다시 속개할 것이로되, 육방은 자리에 남아 사후의 수습책을 의논할지며, 관속과 하인배는 두 옹가를 살피고 만지고 따져 보아서 허실을 알아 보도록 하라, 이상."

의사봉 딱딱딱 세번 두드린다.

"차렷—ㅅ……경례."

모두가 와글와글 떠들어 시끄럽습니다.

"둘 중의 하나는 진짜이고 나머지 하나는 분명코 요망한 술객인데 이것을 가려내지 못함은 관가의 위신으로 보더라도 말이 안되니, 육방 비장과 각방 관속은 충분히 수유하여 판단의 방법을 강구하되 묘안이 있으면 기탄없이 아뢰어서 일의 낭패가 없도록 하라."

"네."

"아뢰오."

"무언가, 형방."

"두 백성을 형틀에 올려 매고 곤장을 매우 쳐서 실토를 받는 편이 옳을까 하여이다."

"그는 아니 된다. 가짜가 맞는 것은 아까울게 없지마는 진짜에게 욕을 보인 대서야 애매한 경을 치우게 하는 결과이니 공평타 못하겠다. 또 다른 의견은?"

"사또, 좋은 수가 있습니다."

"무슨 수?"

"다름이 아니옵고 양옹을 따로 불러서 호적색(戶籍色)으로 하여금 가문과 조상의 내력, 가족 상황 등을 소상히 강(講)을 받게 하면 가짜의 본색이 드러날듯 싶소이다."

"그것 참 묘계이요. 내일 아침에는 그렇게 하겠으되 저들을 당장은 어찌한다?"

"일단 집으로 돌려보내면 두 옹가가 서로 아옹다옹하다가 불지에 살인 옥사라도 일으키면 그 또한 골치이니, 목에 큰 칼을 씌워서 하룻밤 하옥시켜 둠만 같지 못할까 하나이다."

"그도 그럴싸한 의향이니, 형방."

"네."

"들었는가, 그처럼 하였다가 내일 아침에 끌어내라."

"예—."

며느리가 작은 사랑에서 근심에 쌓여 심각한 표정으로 시무룩해 하면서 서방님을 부릅니다.

"서방님."

"음?"
"의논할 일이 있어요."
"뭔데?"
"저 친정으로 돌아가 버릴까봐요."
"응? 그건 또 별안간 무슨 말이야?"
"별안간이 아니에요. 오랫동안 두고 두고 곰곰 궁리한 끝에……."
"궁리 끝에 가기로 했단 말인가?"
"그래요. 더는 동네가 부끄러워 못 살겠어요. 속담에도 여인의 행실이 부정하면 시아버지가 둘이라는 말이 있는데, 저는 요조숙녀이면서도 시아버님이 두분이라고 쑥덕거리

옹당촌의 이변 229

는 판이니 무슨 면목에 이댁 며느리 노릇을 하구 있을 겁니까?"

"자고로 여인은 출가외인이랬어. 색시는 이제 죽으나 사나 옹씨 집안의 귀신이야. 가긴 어딜 간대?"

"명년의 일년 신수를 보았더니 관재 구설수가 들었대요. 관정 송사를 이미 벌였으니 내년이 되기 전에 관재는 벌써 당한 셈이구, 비복들까지가 쑤근거리매 구설수도 이미 당도한 폭이라 원망은 없습니다마는, 이제부터 앞으로 닥칠 꼴을 어떻게 보라십니까?"

"더 볼 것도 없어. 오늘 해 안으로는 가부간 결판이 날거니까 남의 말 열흘하나? 소문도 저절로 꼬리를 감추게 될것이야."

아내를 달래는 곱돌이의 마음도 괴롭습니다. 그러나 이렇게라도 다독거리지 않으면 어떡합니까.

"하지만 사람의 입은 막을 수 없는 것입니다. 게다가 송사 끝에 진편이 옥살이라도 하게 되는 날이면 팔자에도 없는 옥바라지로, 옥사장의 실없는 농지거리를 할일 없이 받는 신세가 될 터인즉 그도 또한 못할 일이 아닙니까."

"그렇게는 안될 터이지. 가짜는 돌아오고 진짜는 쫓겨나서……아 아니 진짜는 돌아오시고 가짜는 벌을 받아 멀리 추방 될터인즉 다른 염려는 안해도 좋을 것 같아. 갈 때 가더라도 오늘 결과를 봐서 태도를 정하는 편이 온당해. 지금

쯤은 벌써 동헌에서 송사가 회행되고 있을 거야."

  모두가 물을 끼얹은듯 조용합니다. 동헌에 모인 관속들이 지켜보는 가운데 원님이 등단하시더니,
"어제에 이어서 송사를 개정하여 속개키로 한다."
  의사봉을 힘차게 탕탕 두드리는데 정말 오늘은 결판이 나려는지,
"형방은 두 옹가중 하나를 따로이 데려다가 호적색을 대령케 하라."
"네."
"호적색 대령했나이다."
"호적색은 저 백성이 조상과 내력을 공초할 때 일일이 호적과 대조하여 틀림이 없는가를 확인하라."
"네…… 그 백성 대답하라. 본관은 어디고 나이는 얼마이며 아비와 조부의 이름은 무엇이냐?"
"예, 본은 해주 옹씨인데 나이는 37세이며, 아비는 알송이고 조부는 달송입니다."
"그놈의 대답이 알송달송 해서 알 수가 없구나. 처가는 어떤 집안인가?"
"예, 진주 최씨 집안이요."
"아들도 있는가? 이름은?"
"예, 하나가 있는데 이름은 곱돌입니다."

"무슨 생이고."

"무인생입니다."

"호적색이 틀림 없는가?"

"네, 틀림이 없습니다."

"흠! 그러면 그대의 재물을 일러라."

"네, 민의 세간으로 말씀하면 쌀보리, 콩, 밀까지를 합쳐서 곡식이 2천 백석이 창고에 있삽고, 마굿간에 말이 여섯필이요, 돼지는 암수가 모두 스물 두마리옵고 닭이 60마리에 가장 집물로 말씀하오면 안성 유기 구첩반상이 열벌이고, 앞 닫이 반닫이 이층장 화류 문갑, 용장, 봉장에 가께수리, 산수병풍, 연화병까지가 고루 있삽는데, 그중의 모란을 그린 병풍 한벌은 민의 자식 혼인 때에 매화 그린 폭이 찢어져서 고치려고 따로 다락에 얹어 두었은즉 이것이 사실인지 아닌지를 알아보시오면 곧 흑백이 밝혀질까 하여이다."

"흠, 잘도 줏어 섬기는구나. 관속배는 기록한 것을 가지고 현장에 나가서 사실 여부를 알아 오고, 형방은 옹가를 데리고 나아가 아까 그 또 하나의 옹가와 교대시켜서 이리로 끌어오라."

"예."

한숨을 돌리려는지 원님은 형방들을 둘러보다가 어깨를 추스르면서,

"그대가 정녕 옹고집인가?"

"그러하오이다."
"이제부터는 내가 친히 묻겠는데, 추호도 거짓없이 사실대로 아뢰어라. 만일 거짓이 드러나는 폐단이 있으면, 그때는 죽고 살지 못할 터이니 그리 알렸다."
"다시 이를 말씀이오니까. 무엇이라도 물어 주십시오."
"그대의 조상 중에 벼슬 산 이가 있느냐? 있으면 관직명을 낱낱이 일러라."
"예, 민의 아비 알짜 송짜가 자핫골 살면서 처음으로 좌수를 했을때 백성을 매우 사랑하고 도운 일은 너무나 유명하옵고 나중에 정2품 절충 장군에 뽑혀 올랐으며, 조부 달짜 송짜는 종2품 오위장을 지냈삽고 고조 할아버지는 맹짜 송짜를 쓰는 분인데……."
"그만 집안 내력이 그러할진대 그대 집 서고에는 책이 더러 있을 터인즉, 그 도서목록을 일일이 아뢰어라."
"말씀 하오리라. 천자책을 비롯해서 사략, 통감, 소학, 대학, 논어, 맹자, 시전, 서전, 주역, 춘추, 예기, 총복까지 다락에 차곡차곡 쌓아 두었습니다."

끝이 없습니다. 듣기에도 질력이 날 즈음해서 그 밖에 패물 등속은 없느냐고 채근삼아, 짜증석인 어조로 다구쳐 묻습니다.
"흠, 그밖에 노리개, 피륙, 신발 등속은 어떤 것들이 있느냐?"

옹당촌의 이변 233

"은가락지가 스무쌍이요 금가락지가 열벌이고 비단으로 말씀하면 파랑, 빨강, 자주색을 통틀어서 열세필이 있삽는데 모시가 설흔통이고 명주가 마흔통인바 신발은 진신 마른신이 석 죽이고 남자용 갖신이 여섯켤레가 있는 중 한 켤레는 이달 초사흗날 밤에 코를 쥐가 물어 뜯어 신지 못하게 되어 안벽장에 넣어 두었은즉, 이도 소상히 알아보시와 한가지 반가지라도 틀리거든 곤장 바람에 당장 죽사와도 변명할 말씀이 없겠나이다."

하늘 땅 부처님 하느님 모두 걸고 맹세한다하니 딴은 큰일입니다. 도시 알쏭하기가 머리가 들락날락할 지경입니다.

"그렇다면 어찌하여 가짜 옹가가 위험을 무릅쓰면서까지 그대의 흉내를 내야 하는지 그 연유를 말하여라."

"예, 아뢰옵기 황송하오나 놈이 민의 세간이 이렇듯이 풍족함을 듣고 욕심을 내어서 관정을 요란케 하는 것이오니 저다지 무엄하고 발칙한 자를 따끔히 처치하사 훗날 다른 백성들의 경계를 삼으시옵소서."

"오냐 이제야 알았노라. 그대야말로 정녕 진짜 옹좌수로다."

"황감하오이다. 명철하신 처사에 오로지 감격할 따름입니다."

"여봐라."

"네이."

"진짜를 놓고서 오랫동안 고생을 시켰다. 옹좌수를 부축하여 당상에 올리고 술을 내어 융숭히 대접하도록 하여라."
"네이."
"형방은 듣거라. 또 하나의 옹좌수 그놈이 가짜일시 분명하니 당장 끌어내어 큰 곤장 30대를 사납게 쳐서 자기가 가짜임을 실토케 하라."
"예이, 각별 거행하오리다."

남은 속이 바짝바짝 타들어가는데, 잔치는 무슨놈의 잔치며 권주가는 누구 좋으라는 권주가인가. 화창한 날씨에 잔치가 떡 벌어지게 한창인데 원님은 벌써 취했는지 혀 꼬부라진 소리로,
"하하하 애들아, 이 어른께 약주 권하여라."
"사또 황송하외다. 하마터면 아까운 세간과 재물을 협잡배에게 빼앗기고 이렇듯이 아름다운 술맛도 못 볼뻔 하였소이다. 하오나 성주어른의 명경 같으신 판단으로 흑백이 가려지니 태산같은 은혜 백골 난망이외다."
"지나친 겸사의 말, 내야 소임대로 공사를 다했을 뿐인데 뭘."
"겸사는 오히려 사또께서 하시오. 결을 내어서 한번 민의 집에 들러 주시면 막걸리 한잔은 톡톡이 대접하겠소이다."
"관내에 그런 부자가 살고 있는 줄을 몰랐으며 나도 어

지간히 빠진데가 있는 사람이야. 내 기어히 수일내로 찾아감세."

"기다리겠소이다. 그런데 한가지 염려는 그 가짜놈이 진짜 행세를 하려다가 안된 일에 원심을 품고 무슨 거조로 나올지 모르는 점이 지극히 걱정이외다. 흉악한 인물이 또 어떤 야료를 부릴는지 모르니까요."

"글랑은 염려하지 않아도 좋아. 실토를 받은 후에 다시는 좌수집 문전에 얼씬도 못하도록 할 것이니 걱정할 것은 없어."

"이제야 안심을 했습니다. 사또 분부시니 어련하겠소이까."

"여봐라 형방은 게 없는가?"

"형방, 여기 대령했사옵니다."

"그 가짜 옹좌수 놈을 엄히 징치하되 흉칙한 놈이 음흉한 뜻을 품고 남의 재물을 뺏으려 들었으니 마땅히 법에 따라 멀리 귀양을 보낼 것이로되, 태평세월에 마음이 느슨하여 잠시 실수를 한듯하니 마을로 빌어먹고 다니도록 버려두도록 하라."

"예이."

"그러나 아직도 진짜라고 발악하는 폐단이 있거든 사정두지 말고 곤장을 매우 쳐서 죄목을 엄히 문초하라. 그러다가 맞아 죽어도 무방하니 매우 치렸다."

"사또 분부 받들어서 각별히 거행하오리다."

"자, 옹좌수 이제는 마음 놓였지? 자, 어서 잔을 비우소."
술이 한순배 두순배 오고가며 건트림까지하며 거나하게 취하는지, 흥까지 돋우려나 봅니다. 속이 상한 진짜는 복통을 칠 일입니다. 천하에 이런 일을 눈뜨고 당하다니.
"네……어, 맛이 참 훌륭하외다 우이."
화창한 풍악소리가 사방에 울려 퍼집니다.
"하하하, 옹좌수"
"예, 사또, 으하하하."

무시무시한 집장사령들이 형방의 말이 떨어지기를 기다리고 있습니다.
"군로 사령은 무엇하고 있느냐, 그 놈을 냉큼 형틀에 달아 올리지 못하구서."
"네이."
진짜 옹고집은 큰일 났습니다. 이런 날벼락이 내리다니, 하느님도 무심하시지.
"아이구구 형방 나으리, 이게 무슨 짓이오? 가짜는 원님의 술대접을 받고 진짜는 이 지경이 되라시니 말이나 됩니까? 이거 뭔가 잘못되어 있소."
"아직도 그 소리냐, 능지처참을 할놈 같으니 사령!"
"네이."
"아직도 꾸물거리구 있느냐, 빨리 형틀에 엎어 놓고 결박을 지으래두."

"네이, 네 이놈 그 위에 엎드려라."

호령이 추상 같습니다. 이제 꼼짝없이 죽는다고 생각하니 앞이 보이지 않고 울상이 되어 넋두리 푸념이 시작됐습니다.

"아이구 이게 어찌된 팔짜인고, 내가 그동안에 다소 좀 적악을 했기로니 이건 정말 너무한다. 무슨 놈의 기구한 운명이기에 백주에 곤장 바람 아래 옥중 원귀가 된단 말인가. 분하고 원통하고 애매하고 원통해라. 아이구, 나 죽는다."

"이놈, 가짜야!"

"나는 진짜요."

"아직도 저런 소릴 해, 사령."

"네이."

"떡을 치듯이 그놈의 볼기를 매우 치되 단단한 곤장을 골라 쥐고 우선 10도를 쳐라."

"네이."

듣기만 해도 정신이 아찔한 일인데 이게 웬일입니까, 글쎄 곤장 묶음을 힘센 집장사령들이 한아름씩 안아다가 와르르 쏟아놓으니 벌써 제 정신이 아닙니다.

"형방 나으리, 그럼 시작합니다요."

"그랴 서둘러라."

"에이—ㅅ."

"아이구구……."
"하나, 에이—ㅅ."
아무것도 안 보입니다. 양반이고 상놈이고가 어디 있습니까. 치니 맞을 밖에,
"사람 살려."
"둘, 에이—ㅅ."
굽신거리던 노복들 다 어디 가고 자식놈도 얼씬 않으니 눈물이 저절로 뚝뚝 떨어집니다.
"나 죽네요."
"세—ㅅ, 에이—ㅅ."
떡치듯 세어 나가는데 벌써 열손가락 차나 봅니다.
"열—"
"아이구…… 아이구…… 아이구……."
"그만 가짜야, 네가 아직도 진짜라 하겠느냐?"
억울한 마음은 하늘같지만 매에 못이겨 그만 가짜라할 밖에 다른 도리가 없습니다. 옹좌수는 기어드는 목소리로.
"아 아니요, 내가 가짜이니 그리 아시고 처분대로 하시되 목숨만 살려주시오."
"하하하 이제야 실토를 하는구나. 진작에 그렇게 나왔으면 곤장이나 좀 덜 아프게 얻어 맞았지."
"실토고 뭐고 우선 사람이 살구 볼 판이요."
"정녕 네가 가짜렸다?"

"그렇다고 해둡시다."

"뭐 그렇다고 해둬? 저놈의 이름이 고집이라더니 가짜 행세를 하면서도 고집은 진짜를 닮았구나. 집장 사령 딴소리를 못하도록 그놈의 주둥이를 짓찧어 놓아라."

"아 아니오, 내가 가짜요."

"그렇더라도 곤장 30대는 사또 분부시라 맞아야 해. 사령, 쳐라."

"에이—ㅅ."

"아이구 이건 정말 죽겠소."

"열하나—ㅅ."

"에이—ㅅ."

"설흔—형방 나으리 30대 다 찼습니다."

"어렵소, 이놈이 죽은체하고 축 늘어졌네, 나으리 까무러 뜨렸나 봅니다."

"아니다. 엄살이다. 발바닥을 간지려보아라."

"네……간질 간질."

간질이는데는 도리가 없습니다. 병주고 약주고 이건 너무합니다. 이럴수가.

"으흐흐 아하하하 아이구 죽겠네."

"그것 봐라. 이제는 형틀에서 끌어 내려라. 군로사령."

"네."

"죄인을 안동하여 지경 밖으로 내치고 오라."

"네이."
"아이구구……."

쓸쓸해지는 곱돌

작은 사랑에서 시무룩이 앉아있던 옹좌수 아들 곱돌이는 아내를 나직이 부릅니다.
"색시."
"네, 서방님."
"구절판 찬합에 음식 고루고루 챙겨서 차곡차곡 담아 줘."
"그건 뭘 하시게요?"
"뭣을 하든 담아주면 될거 아니야."
"그래도 어디에 쓰시는지 알아야 소용되시는 대로 음식을 택하지 않습니까."
"치아가 튼튼하지 못한 어른이 잡수실 음식이니까 부드러운 것으로만 골라 담으면 돼."
"할머님 대접할 것입니까?"
"아니, 아버지."
"아버님이시면 고기 경단은 마다하고 상을 물리시는데 찬합음식이 어디 당합니까?"
"그것 말구, 진짜 아버지."
"네에?"
"쪽박을 차고서 동냥질 하느라고 빌어먹으러 다니는 아버지 말이야."
"아—니 그러면 지금 큰사랑에 도사리고 앉아 계신 분이 가짜 아버님이시란 말씀입니까?"
"쉬—ㅅ. 소리가 너무 높아. 그게 사실이지만 색시는 모른 체하고 극진히 대접해야 해, 그럴 내력이 있으니까."
"가짜인 줄을 뻔히 알면서야 어떻게 극진한 공대를 합니까? 빗자루로 두들겨서 쫓아내고 싶은데요."
"큰일 날 소리만, 내가 하라는 대로만 하는 거야, 내막이 있다니까."
"무슨 내막인지는 몰라도 정말 알수가 없네요. 서방님은 가짜 진짜를 아시면서 왜 가만 계시지요?"
"사람의 힘으로는 안되는 거야, 이건 도력이 작용을 하고 있는 거니까."
"어떤 도력인지 저도 좀 알면 못써요?"

마구 다구쳐 캐묻자 발끈 화를 내면서 고함을 치고 아낙이 참견할 일이 아니라는 듯이 찬합 채근이 성화 같습니다. 며느리는 샐쭉해 있는데,

"별 참견이 다 많아, 나 하라는대로만 하면 그만인걸 왜 말이 많지? 찬합이나 어서 꾸려 달란 말이 안들려?"
"네 알겠습니다."

바람소리가 유난히 세차게 들려오는 차가운 겨울 날씨에 동네 어귀 어느 집 앞에서였습니다.
"아이구 깜짝이야. 웬 수상한 것이 남의 큰 대문 안을 기웃거리지?"
"수상한 사람이 아니외다. 얻어먹는 사람이 동냥 한푼 주십사고 찾아왔을 뿐이요."
"비렁뱅이면 비렁뱅인 체하구서 좀 고분고분해야지. 제가 뭐라고 거지 주제에 잔뜩 버티고 서서 큰 소리야 큰 소리가. 나중엔 별 꼴 다 보겠네."
"거지 동냥꾼이 근본부터 씨가 있는 줄 아시오? 아주머니도 수가 사나우면 내 꼴이 되고도 남소."
"에구머니나 세상에 숫제 악담을 하려 들어. 누구더러 시비를 하는거야?"
"시비를 하는게 아니라 사리를 말한 것 뿐이외다."
"애개개 이 사람 이제 보니까 가짜 옹좌수 아니라구? 누

구 집을 또 망쳐 놓으려구 집안 언저리를 어정거려? 썩 가지 못해?"

"나는 가짜가 아니라 진짜요."

"듣기 싫어. 바로 가짜 노릇을 하겠으면 착한 사람 시늉을 해야 찬밥 덩이라도 얻어 먹지. 그 천하무도하구 곰 같구 돼지같은 옹고집 놈을 흉내내서는 밥커녕 죽물도 없어, 애야 뜨물 한바가지 하구 부지깽이 갖고 온. 찬물 들씨워서 때려 쫓자."

"쩡쩡 얼어붙는 추운날씨에 헐벗은 걸인에게 냉수벼락을 맞혀서는 어쩌자는 거요?"

"아이 재수 없어라. 고수레 고수레. 애야 소금 한줌 내오너라. 이놈에게 뿌려 버리자. 지경에 부정 탈라."

"알았소, 갈테요. 가면 될거 아니오?"

"빌어먹으면서도 속 곱지 않는 놈 다 보겠네. 썩 물러 가거라. 진짜보다 한술 더 뜨는 가짜놈 다 보겠네."

"에이구 인심 한번 소삽하네."

혼잣말로 내뱉듯이 한숨 섞어 내뿜는 탄식. 바람은 왜 이다지나 찬지, 맘도 춥고 몸도 얼었으니 이럴 바에는 차라리 죽느니만 못한 신세이니, 대체 이 꼴이 뭐람……

"이게 무슨 팔자람. 따뜻한 내집에 풍족한 음식에 정다운 식구들 다 뺏기고 이게 어찌된 신세란 말인가. 이럴줄 알았으면 전에 인심이나 후히 써둘 것을. 아이구 추워라, 아이구 배고파라."

꿈인가 생시인가, 귀를 의심하며 머리를 흔들어 보니 과연 내 아들 곱돌이가 아닌가.

"아버지."

"아니 저게 누구야? 곱돌이 아니라구? 곱, 곱돌아."

너무나 졸지에 거지꼴이 된 아버지를 보는 순간 야속하던 옛날은 다 잊고 눈물이 앞을 가립니다.

"아버지……."

"오냐, 나더러 아버지라고 너만은 나를 알아주는구나."

아버지와 아들은 서로 말을 잇지 못하고 부둥켜 안고 흐느껴 웁니다.

"왜 모르겠어요? 천륜이 중한데 부자간에 그것도 모를라구요."

"안다면서 어째서 바른 말을 안해 주었느냐? 이 몹쓸 자식아."

"알면 뭘하나요. 아버지가 저지른 가지가지 적악 때문에 받는 비력인걸요."

"비력이라구 이대로 언제까지나 버려둘 셈이냐?"

"지금은 할 수 없어요, 때가 이르기 전에는요. 아버지 얼마나 고생하세요? 시장하시지요?"

"응, 춥구 배고프다. 그게 뭐냐?"

"음식이에요. 어디 좀 들어 앉으시면 좋겠는데."

"들어앉을 데가 있어야 앉지, 나 바쁘다. 여기서라도 그냥 먹을란다."

찬합 뚜껑을 열기도 전에 군침부터 삼키시는 아버지를 보고 울음이 나오는걸 억지로 참으며,

"아버지, 어서 잡수세요."

"음……목이 메어서 어디 넘어가야 먹지."

"아버지."

"곱돌아."

서럽고 배고프고 억울함이 봇물처럼 터져 눈물을 참을 수가 없어 울어버리고 맙니다.

큰사랑에서 가짜 옹좌수는 호강에 겨워 큰 하품을 하며 졸음을 참고 있는지,

"아—함, 어 졸려."

"여보, 그만큼이나 늘어지게 주무시고도 아직도 졸리시우?"

"그동안 공연한 일로다 신경을 썼더니 몸과 마음이 아울러서 꽤 고달팠던가봐. 전신의 마디마디 노곤하고 맥이 탁 풀려서 기운을 쓸 수가 없구먼."

"보약을 좀 달여 올리랠까요?"

"음? 누구보구?"

"며늘애 더러요."

"그만 둬요. 웬일인지 며늘애가 나만 보면 도끼눈을 하니 별일 아니우?"

"아직도 말썽났던 직성이 덜 풀려서 그러나 봐요. 아무리 그렇더라도 시아버님 약을 누구에게 달이라고 말입니까, 제 손으로 정성껏 달여야지요."

"춘단이더러 하라면 되지 않어?"

"그런 일까지 큰사랑에서 참견하실게 아니라 제게 다 맡겨 두셔요. 녹용을 한제 고아내려면 장작을 산더미처럼 가려놓구 불을 지펴야 하는데, 불때는 일이나 춘단이 보고 하라지요."

"용탕을 달이자면 시간이 오래 걸릴거니까, 우선 용미봉탕에 아가위죽이나 한대접 따끈히 쑤어 오라구 해."

"그럽시다. 그거야 어렵지 않지요. 아가, 새아가."

목청을 돋으며 크게 부르시는 시어머님의 소리에 사랑채에 있던 며느리가 이내 반색하며,

"어머님 부르셨어요?"

"오냐, 춘단이 시켜서 우물에 담가둔 잉어 한마리 꺼내 오래구 암탉 한마리 잡아서 말국을 바글바글 끓이다가 죽쌀을 좀 앉혀라."

"용미봉탕 만으로 되나, 산사 나무 열매를 넣어야 새큼새큼한 맛이 나는 아가위 죽이되지."

며느리가 비위가 거슬리는지 혼잣말로 들릴락 말락하게

중얼거리는데,

"흥! 고루고루 찾아 먹으러 드네."

"뭐? 너 지금 뭐라구 했니?"

"아니에요, 혼잣말이예요. 흥! 별꼴을 다 봐 정말."

"아니 저게 말버릇이, 배워 먹지 못한 것이 뉘 앞에서 감히 저 지경일꼬. 내 이년을 당장에."

"마누라 고깝게 들을거 없어. 철없어서 그러는걸 가지고 뭘 탓하러 들우."

"참 내 기가 막혀서."

"아냐 아냐, 그냥 둬."

"저럴 양이면 수태하기 전에 친정으로 쫓아보내야 할까봐요."

"그렇게 하면 이중 삼중으로 이 집안에 망쪼가 드네. 그보다도 우리 경사로운 덕담이나 나누어보세."

"경사라 하시니 부끄러운 일이 하나 있어요."

"뭔데?"

"간밤에 꿈을 꾸었는데, 그 꿈이 어찌나 망칙하던지……."

"말해봐, 꿈은 해몽을 할 탓이니까."

"글쎄, 어쩌면 하늘에서 우박 쏟아지듯 허수아비가 우수수 쏟아져 내려오질 않겠수?"

"어허 그 말이 사실이라면 그거 태몽이 분명하우. 임자가 애기 낳을 꿈이야."

쓸쓸해지는 곱돌 249

"글쎄, 그런 생각도 들어요."

"꿈과 같이 될 모양이면 아마 떼허수아비를 해산할 모양이지? 아무튼 더 두고 봐야 할 일이고, 하하하 어쨌거나 경사야. 내가 송사에 이겼기에 망정이지, 그 흉악한 가짜놈에게 하마터면 우리 마누라 뺏기고 가산을 몽땅 도둑 맞을뻔 하지 않았다구."

"정말로 아슬아슬했수. 그 일을 생각하면 지금도 소름이 쪽쪽 끼치우. 그놈이 지금쯤은 어디서 무얼 하고 있을까요?"

"별 걱정이 다 많어. 어디서 무슨 일을 하고 있든 임자하고 무슨 상관이야? 아마 네 기둥만 덩그렇게 섰는 성벽 문루위에서 옹송그리고 쪼그려 누워서 새우잠이나 자고 있을테지."

바람소리가 더욱 세차게 문풍지를 때리는 밤!
"으……추워라. 전신이 덜덜 떨리네. 사벽이 다 없으니 통풍이 좋아 동서 남북 바람마다 거침없이 잘도 다니네. 시원은 하다마는 가슴이 왜 이다지 답답한고. 꿈이냐 생시더냐. 꿈이거든 빨리 깨어라. 이 일을 장차 어찌하면 좋아……지난날의 내 행실을 돌아보면 나는 죽어 마땅한 놈이지만 늙으신 우리 어머니, 이제는 정성껏 봉양하며 효도할 마음이 건만 그 기회는 내 앞에 영영 다시 올것 같지가 않구나. 내 마누라, 그게 그래도 마음씨는 착한데 가짜를 진짜 제 남편으로 알고 갖은 공궤 다 할일을 생각하면 기가 차고 가슴이 막히네. 아들도 며느리도 보고싶고 춘단이, 돌쇠, 몽치, 깡쇠까지도 보고 싶어라. 아이구 추워, 어이쿠 배 고파라. 으……흐……흐."

추위에 겨워 부들부들 떨다 못해 뱃속까지 얼어붙은것 같은 냉기가 이제 몸 전체에 퍼지지 않은 곳이 없습니다. 슬픔도 기가 찬것도 당장 추운데에는 비길데가 아닙니다.

"애개개! 서방님 또 어딜 가시려오?"
"색시는 아무 걱정말구 잠이나 자면 돼."
"서방님이 도망을 치시려고 보따리를 꾸리는데, 제가 잠이 올듯 싶으셔요?"
"도망가는게 아니라 어디 좀 다녀올데가 있어서 그래."
"어디요. 또 가시는 곳이 월출봉 취암사가 아닙니까?"
"색시가 내 맘을 어쩌면 그리도 잘 알어? 맞았어. 가는 곳이 거기야."
"떰치 도련님을 그토록이나 못 잊으시고 보고만 싶으셔요?"
"그건 색시가 몰라. 이번 길은 떰치를 만나러 가는게 아니라 학대사가 목적이야."
"학대사가 어떤 분인지 몰라도, 이번에 또 중이 되려고 가시는건 아닐테지요?"

"아니야. 중이 되긴커녕 오히려 중 한사람을 환속시키려는 목적도 있어."

"떰치 도련님을 데리고 오시려구요?"

"그랬으면 좋겠는데, 말을 들어 먹을 지가……."

색시는 걱정하는 남편 곱돌이를 향해서 묘안을 냈습니다.

"춘단이 이야기를 하면 어쩌면 돌아오실지두 몰라요."

"춘단이 이야기? 춘단이가 어쨌게?"

"일구 월심, 떰치 도련님 이야기만 하고 있어요. 그런 신랑에게 시집을 갔으면 한이 없겠노라고요."

"하지만 이제는 틀렸어, 춘단이도 실성을 했지 하필이면 왜 중을 고른대?"

"휘유, 그런 일이 어디 마음대로 되는 건가요? 제가 서방님에게 시집을 왔듯이요."

"어렵쇼 듣다보니 이거 슬그머니 욕을 하는거 아니라구?"

"호호호 아시면 됐어요, 이번 길은 가시면 며칠이나 걸리실까요?"

"모르겠어, 가봐야 알지."

"혼자 가게 되시나요?"

"말을 타고 돌쇠나 데리구서."

"그러신다면 안심이에요."

"안심만 하고 있을게 아니라, 이왕에 알았으면 길 떠날 채비를 좀 해주면 어때?"

"해 드리지요, 옷 보따리를 꾸릴까요, 찬합 준비를 해 드릴까요?"

"두가지 다······."

"알았어요. 좀 지체 되더라도 기다려 주세요."

"고마워. 그런데 큰사랑에는 말할 것도 없지만 어머니가 걱정을 하실거니까, 내가 떠난 뒤에 색시가 넌지시 귀뜸만 해 드려야 해."

"알았어요, 그러지요."

"그럼 부탁했어."

"네."

길오를 채비가 다 되었는지 말 울음 소리가 요란한데 돌쇠가 발을 구르며 재촉합니다.

"서방님, 어서 말에 오르십시오."

"응. 하지만 빙판길에 말을 달리기가 수월할까?"

"수월치는 않아도 소인이 모시고 가는 길이라 안심 하셔도 좋으실 겁니다요. 고삐를 잔뜩 붙들고 갈 거니깝쇼."

"알았어. 자 그럼 떠나."

"네."

"잠깐 잠깐만, 기다려줘요."

"이크! 춘단이년이 무슨 눈치를 챘나봐요."

"서방님, 어딜 가셔요?"

"내가 어딜 가든 네가 왠 걱정이냐?"

"걱정이 아니라 궁금해서 그래요."

"궁금할거 없다. 네가 알 일이 아니니까."

"말씀 안하서도 쇤네는 다 알고 있사와요, 돌쇠 아저씨, 월출봉 취암사로 서방님을 뫼시고 가는 길이지요?"

"그랴 그러니 어쩔래?"

"어쩔 것도 없지만, 부탁이 한가지 있어서 그래요."

"무슨 부탁이냐? 어서 말해라."

"취암사로 가시면 떰치 도련님을 만날 거 아닙니까?"

"그야 만나게 되겠지."

"만나게 되겠지가 아니라 꼭 만나셔야 해요."

"만나서는?"

"이걸 좀 전해 주셔요."

"그게 뭔데?"

"솜옷 한벌하고 떡 좀하고 그리구 또……."

"또 뭐야?"

"짐속에 편지가 한 장 들어 있으니 잘 전해 줘야 해요."

"앙큼한 것이 별의별 심부름을 다 시키는구나. 그래 알았다. 안심해라."

"호호호 좋은 아저씨야. 그럼 다녀오세요."

"돌쇠야, 많이 지체 되었어. 어서 가."

"네……이랴 낄낄낄……."

　말 울음소리가 드높습니다. 돌쇠부부가 이별을 아쉬워 하는 걸 보며 곱돌이는 좀 지루하기도 했습니다. 이제야 떠나나 봅니다.

　말이 산중턱에 닿아 가파른 고개를 넘느라고 울음소리가 가슴에 울립니다. 멀리서 뎅뎅거리는 범종소리가 들리니 절이 가까워 온듯 합니다.
　"서방님, 춥고 고생이 많으셨지요? 하지만 조금만 더 참으면 되시겠소. 취암사까지 이젠 얼마남지 않았으니까요."
　"나야 뭘, 돌쇠가 수고했어. 말고삐를 끌고 걷느라고 오죽이나."

쓸쓸해지는 곱돌 255

"추울 때는 걷는 편이 오히려 나아요. 말 타고 높이 앉아 꼼짝않구 바람을 맞기보담은요."

"그건 그럴지도 몰라, 아닌게 아니라 전신이 빳빳해지는 걸. 그런데 한가지 걱정은 이 고생을 하면서 모처럼 예까지 왔는데 절에 땜치가 있는지, 학대사님이 계신지 하는 점이야."

"그야 출타중이라도 하는 수 없지요. 언제까지라도 기다리고 있다가 만날 밖에요."

"그도 그래."

"아, 저기 스님 한분이 지나갑니다. 어디 한번 물어 봅시다. 스님…… 스님……."

"소승 말씀이요?"

"엇! 땜치가 아니야?"

"아 너는…… 곱돌아."

"너였구나. 자식, 너무나 의젓해져서 얼른 못 알아 봤잖니. 그 사이 잘 있었어?"

"응, 나는 별일 없지만 집에서도 다들 무사하시지?"

"그게 무사치가 못해. 나중에 천천히 얘기할게."

"그러자. 돌쇠아저씨 오시느라고 욕 보셨겠어요."

"난 괜찮다. 느네 집에서들도 편히 지내신다…… 왜 기쁘지가 않으니?"

"어찌 기쁘지가 않겠습니까마는 이제는 속세의 인연이 엷

어졌습니다. 눈앞에 무슨 일이 닥쳤는지도 모르고 사는 판에 지금까지가 무사하다고 안심해도 좋은겁니까?"

"하하하, 제법 중 비슷하게 됐는걸."

"서방님도, 중 보구서 중 비슷하다니요?"

"하하하 그 말도 옳아…… 참 학대사님 절에 계시니?"

"음 계셔."

"마침 잘 됐다. 빨리 절로 올라가자."

"그래, 가면서 이야기 하자."

"떰치야 이건 네가 들어. 네 물건이니까. 어, 무겁다."

"그게 뭡니까?"

"춘단이가 너 주라고 보낸 물건이다."

"춘단이가요?"

뭉클하게 스치는 생각들. 가슴속에 간직했던 지난날들의 여러가지 일들이 한꺼번에 파도처럼 밀려닥쳐 터질것 같은 마음을 겨우 달래면서,

"음, 그래, 어서 받어. 음식에 의복에 편지도 들었다더라."

"받아라, 뭔지는 몰라두."

"고마운 일이군. 자, 가자."

가슴이 뜨거워오면서 콧마루가 시큰거리려는 걸 억지로 삼키며 건성으로 대꾸하는체 하지만, 자꾸만 마음은 춘단이 생각으로 가득 고입니다.

말의 꼬리를 다시 찾아 곱돌이 집 소식에 이르려는데, 왜

이다지 바람은 세찬지…….

"너희 집이 무사치가 못했다니 그게 무슨 일이야?"

"뻔하지 뭐. 전에 학대사님이 지푸라기 인형으로 우리 아버지를 또하나 만들지 않았니? 그 가짜가 말썽이야."

"그럴 줄 알았어, 주지 스님하고 학대사님이 오래 두고 벼르던 일이니까. 그래 어떤 일이 생겼니?"

"어떤 일이나마나 우리 아버지가 집 뿐만 아니라 마을에서도 쫓겨나고, 그 가짜가 큰사랑에 떠억 도사리고 앉아 주인 행세를 하니 말 다했지 뭐야."

"그건 사람이 아니고 도술로 움직이는 허수아비니까 나무랄 일이 못돼."

하나도 놀래는 빛이 없이 당연지사인 양 얘기하는 떰치가 야속하게 느껴지기도 합니다.

"아무리 그렇더라도 우리 아버지가 고생을 하시는 건 틀림없는 사실이거든."

"그건 처음부터 네가 원하든게 아니니?"

"내 마음 같아선 고생은 안 하시고 회개만 했으면—하는 거였는데, 초라한 거지행색으로 얻어 먹으러 다니는 꼴을 보고선 마음이 안됐어. 학대사님을 만나뵈려는 것도 사실은 실마리가 빨리 풀리도록 부탁을 드리려는 거다."

맘같아서는 지금 당장 승락을 받고 싶은데 어떨지 걱정입니다. 이윽고 염불소리, 독경 소리가 들리는 학대사님 거처 앞에 닿았습니다.

"학대사님 제 평생의 특청입니다. 아버지의 고생이 이제 그만 했으면 충분할듯 하니 용서해 주시는게 어떠실는지요."

"그것은 네 생각이고."

"그럼 아직 멀었습니까?"

"멀고 말고. 3년은 더 세상구경을 해야 철이 날거다."

"네에? 앞으로 3년씩이나요?"

"그랴. 가난한 사람이 이 추위에 고생하는 모습을 보면서 자신이 직접 겪어도 봐야 마음의 눈이 번쩍 뜨인 대두."

"그만 했으면 많이 보았고 또 어지간히 겪기도 했단 말씀이에요."

"아직 덜했어. 고생을 시키는게 목적이 아니라, 아니 그것도 있지만 어서 개과천선케 하려는 것이 목적이니까 그 효과가 충분히 나타나기까지는 그냥 버려둬야 한다."

곱돌이는 이 말이 떨어지자 체면 불구하고 애원하며 부탁합니다.

"스님, 제발 부탁입니다. 이제 그만 풀어 주십시요."

"이 일이 애초에 네가 원해서 된 것인데 지금에 와서는 도리어 네가 풀어 주라구 헌다? 이승에서 3년간 고생을 하는 편이 낫지, 죽어서 지옥불에 들어가 영원한 업보에 허덕이기 보다는."

"그것도 옳은 말씀입니다마는 3년은 너무 합니다. 조금만 줄여 주십시오."

"얼마나?"

"앞으로 석달 그러노라면 추운 겨울철은 죽을 고초를 겪는 꼴이 되지 않습니까"

"안 된다. 그렇게 줄일 수는 없어. 그러나 너의 소원이 줄이는데 있다니, 그럼 2년으로 한다."

"2년도 너무 오랩니다. 부족하고 미흡하나마 아버지 회개하는 일에 제가 옆에 붙어 있으면서 도와 드릴 작정이니까 절반만 더 줄여 주시지 않으시렵니까."

"절반? 그러면 1년?"

"네."

학대사는 머리를 갸우뚱하시면서 아무래도 안되겠다는 듯이 다그쳐 묻습니다.

"1년으로는 아무래도 모잘라. 나중에 너도 후회하게 될 걸."

"후회하지 않습니다. 이번에는 어떻게 해서든 참된 인간이 되시도록 애를 쓰겠습니다."

"알았다. 네 마음이 그렇다면 나도 더는 고집하지 않으마. 그대신 정녕 후회는 않으렸다?"

"네, 후회하지 않겠습니다."

"그러면 좋아. 네 마음대로 앞으로 1년, 1년만 더 고생을 하라지."

"고맙습니다 스님. 정말 감사합니다."

한숨 돌린 곱돌이는 이제 춘단이가 정성스레 떰치에게 보낸 보따리를 전하라고 돌쇠에게 채근합니다.

"떰치야, 그 보따리 한번 끌러보렴."

"본들 무얼합니까? 소승에게는 소용이 안되는 물건인것을."

"그렇지 않아. 춘단이의 정성이 깃든 선물인걸."

"그러한 정성은 부처님께 바치고 불쌍한 중생을 위해 이웃돕기에나 쓰라 하십시요."

"나는 잘 모르지만 이웃을 돕는 정성도 처음에는 좋아하는 사람에게서부터 시작되는게 아닐까?"

"그러면 춘단이가 소승을 좋아한다는 말씀입니까?"

"물론이야. 그렇지 않구서야 이런 선물을 보낼리 있나."

"알 수가 없군요. 왜 그러는지."

"나는 알아. 춘단이는 잠꼬대로까지 떰치의 일을 걱정하고 있어. 떰치가 끝내 싫다면 내가 손수 보따리를 풀어보마. 인내라."

"여기 있습니다."

받아든 보따리를 조심스럽게 끄르는 돌쇠가 코를 벌름거리더니 이윽고,

"자 보아라, 솜옷이 한벌 이게 조옴한 정성이냐. 너 추울세라 춘단이가 애써서 만든 옷이다…… 다음은 음식 떡이다. 오래간만이지? 먹어봐라. 그러고는 육포 후추양념에 깨와

잣가루를 묻혀 말린 포육이야."

땜치가 깜짝놀란 얼굴로 부정이라도 타는 듯이 휙 돌아서며,

"돌쇠 아저씨 도로 거두십시오. 절에서 고기 붙이라니 말이나 됩니까. 부정을 타겠습니다."

"알았다 고기는 치우마. 자 마지막으로 편지. 이것만은 읽어 주어라."

"네."

부시적거리며 편지를 펼쳐 들었습니다. 꽤나 긴 지 두루마리가 한참 펴집니다.

"땜치 도련님 그사이 안녕하셨습니까? 절 공부하시기에 얼마나 고생이 크십니까? 그때에 입은 상처는 다 나으셨는지요, 춘단이는 도련님이 한번 더 마을로 돌아오시기를 기다리고 있습니다……"

구구절절이 애닯은 사랑 사연입니다. 출가한 땜치는 흐트러지려는 마음을 가다듬으며 편지 종이를 화닥닥 구겨버리려 합니다.

"왜, 왜그러니?"

"춘단이는 하마터면 죽을뻔한 소승의 목숨을 구해준 생명의 은인이기는 합니다. 그렇지만 그것도 인연일뿐 다른 것이 아니니……"

하며 고개를 절레절레 흔듭니다. 속세의 인연이 물거품같

다는 듯이 흔들어 떨어보려 합니다.

　큰사랑에 며느리와 시어머니는 사이좋게 마주 앉아 무슨 이야기라도 꺼내려는 것 같습니다. 그런데 이게 웬일입니까? 느닷없이 시어머님께서 왝왝거리며 구역질을 하시니 이상하고도 야릇한 일입니다.
　"어 어머님 왜 그러십니까?"
　"아 아무것도 아니다. 걱정할거 없어."
　말로는 걱정마라하면서도 연신 구역질입니다.
　"음식에 체하셨거나 관격되신게 아닙니까?"
　"아무것도 염려하지 않아도 좋다. 윽윽."
　"이거 안 되겠어요. 아무래도 병환이 ……."
　며느리는 걱정입니다. 이다지나 괴로워 하실 수가 있다는 말입니까.
　"춘단아, 춘단아……."
　"네에."
　"너 빨리 가서 의원을 모셔와라. 어머님 병환이……."
　호들갑을 떨며 달려나온 춘단이가 우습다는 듯이 내뱉는 말이,
　"호호호, 아씨 마님두."
　"네가 실성을 했니? 이게 어디 웃을 일이냐? 냉큼 갔다 온."

"아씨, 큰마님께서 괴로워하시는건 병환이 아니라요, 경삽니다?"
"경사라니?"
"경사지 않구요. 태중이란 말씀이에요."
"태중? 설마 그 연세에……."
"틀림없어요, 이 추운 동절에 시큼털털한 개살구만 찾으시는 것만 봐도 알쪼 아니에요? 철 아닌 과일만 자꾸만 대령하라신답니다."
"그러구 보면 그런지도……."
"틀림없어요. 아씨 마님께 시동생이 생길 징조에요."
"춘단아 조용히 해. 그런 말 함부로 지껄이는 법이 아니다."
"알겠습니다만 어쨌든지 가문에 축하할 일이 생겼어요."
"축하할 일? 망쪼다 망쪼. 이거 큰일났구나."

거듭 망신살이 뻗힌것 같은 마음에 며느리가 오히려 얼굴이 화끈해 말을 못합니다.

작은 사랑에 마주 앉은 곱돌이 부부는 다정스럽게 이야기를 나누고 있습니다.
"색시."
"네……."
"아버지가 집을 나가신지도 벌써 열달이 아니라구."
"네, 세월은 정말 빠르네요."

"빠른게 다 뭐야. 나는 더디어서 못 참을 지경인데."
"하지만 앞으로 두달만 더 기다리면 모든 것이 원상대로 원만히 해결 될게 아닙니까?"
"그동안을 못 견녀 경사가 있기 전에 흉사부터가 앞설 것 같으니."
"흉사라뇨?"
"색시는 못 보았어? 어머니의 배가 나날이 불러오는 것두."
"그게 정말 큰일이에요. 이제는 만삭이 다 됐어요."
"게다가 어쩌면 배가 그렇게나 유난히 크시다지?"
"쌍동이 아기를 낳으실 거라구 비복들이 쑤군거린답니다."
"쌍둥이 정도가 아니야. 이것저것 모두가 큰일인걸. 보통 일이 아니거든."
"그렇지만 어떡합니까, 벌럭으로 당하는 일이니 면할 수가 없지 않아요? 어디 당하는데까지 당해 봅시다."
"그러는 길 밖에 없는 일이지만 이건 좀 너무했어. 도사님도 지나치시지."
"3년에서 1년으로 감형시켜준 대신인지도 몰라요."
말이 채 끝나기도 전인데 춘단이가 호들갑스럽게 부릅니다. 어찌된 일인지……

"마님……아씨마님……."
"춘단이냐? 왜 그러니?"
화급한 일인듯 싶어 미닫이 문을 잽싸게 열고 맞습니다.

숨이 턱에 닿은 춘단이가.

"안방에서 큰마님이 몹시 괴로워 하셔요."

"무, 무슨 일인데?"

"암만해두 산고인 것 같아요. 아기를 금세 낳으실 모양이거든요."

"무어? 서방님 어쩌면 좋아요?"

"하는 수 없지 뭐, 닥치는 액운인데 인력으로 어쩔거야."

"그건 그렇지만서도……춘단아."

"네."

이게 큰일중에도 큰일입니다. 시어머님의 해산구완을 해야겠으니 준비를 서둘러야 할게 아닙니까.

"부엌에 나가서 곁가마에 물 한솥 뜨겁게 끓여 놓고 먹 한꼭지 정하게 씻어서 물에 불려라."

"네."

"흰 쌀도 씻어서 밥을 앉혀라. 그리고 또 에그, 바빠……아기에게 입힐 옷도 꺼내서 아랫목에 깔아놔서 따뜻하게 뎁혀야 한다."

"알았어요. 아씨 마님, 염려 마셔요."

"그럼 부탁한다."

"네."

하인에게 모든 준비 다 시켜 놓고 한숨 돌린 며느리가 미닫이 문을 닫고 들어섰더니,

"색시도 안에 들어가 봐야 하지 않어?"
"시어머님이 해산하는데 며느리가 거드는 것도 우습지 않아요?"
"우습지만 어떡해? 만일 어머니 신상에 불길한 일이라도 생겨봐, 정말 큰일이지."
"해산 소식을 들어가며 눈치껏 구완을 해 드리겠어요."
"그렇게라도 해, 나도 꼼짝을 못하겠는걸. 걱정이 돼서 집을 비울 수가 없어."
"어디 기다려 봅시다. 무슨 하회가 오겠지요."
"아씨 마님, 아씨 마님."
춘단이의 다급한 소리에 문을 열며,

"무어야? 춘단아 낳으셨니?"

"큰 마님께서 옥동자를 낳으셨어요."

"뭐? 아들을?"

"네. 울음 소리도 우렁찬데 깨끗이 목욕시켜 가지고 강보에 싸서 아랫목에 눕혀 놨어요."

"그럼 새끼줄하고 숯덩이, 붉은 고추를 내오너라. 대문 안방에 잡인의 출입을 금하는 인줄을 쳐놔야 겠다. 부정을 타면 큰일이니까."

"네."

"서방님, 못하고 장도리 예 있어요."

"색시 그거 말이라구 해? 해산을 했는데 연장이나 장이나 장기를 쓰는 법이 아니야. 멱국을 끓일때두 칼질을 하면 안 돼. 손으로 뚝뚝 끊어 넣어야지."

"참 그렇군요."

"옛날에 아버지는 근처에 해산이 있으면 일부러 개잡구 닭잡구 그러셨지."

"지금이라면 아마 그러지 않으실 거예요. 고생을 그만큼이나 하셨으니까요."

"그날부터 오늘까지 봄, 여름, 가을, 세철을 통해 고루고루 염량 세태를 맛보셨으니 많이 달라 졌을거야."

"서방님 숯, 고추, 새끼줄 다 가져왔습니다."

"오냐, 대문간으로 나가자."

눈이 휘둥그래진 춘단이가 달려오며 서방님을 황급히 부릅니다.

"서방님 서방님, 고추 더 갖고 왔어요."

"그렇게 많이 다는 게 아니야, 한둘이면 그만이지."

"아들을 낳으셨다구요."

"그 말은 벌써 아까 들었어."

"아니라구요. 그렇지 않아요?"

"뭐가 그렇지 않아?"

"또 낳으셨어요. 옥동자를 또 하나."

"뭐라구? 그럼 쌍동이?"

"그렇단 말이에요."

어쩔줄 몰라하며 춘단이가 연신 해산방으로 대문께로 왔다 갔다 불이 납니다.

"서방님 서방님, 고추 더 받으세요."

"춘단아, 네가 고추장수냐? 자꾸만 가져오면 어떡해."

"가져올 만해서 가져온 거예요."

"가져올 만 하다구?"

"그러믄요. 세번째 아드님을 낳으셨으니까요."

"뭐가 어째? 그러면 셋쌍둥이?"

놀랠틈도 없이 이렇게 해서 열을 채우고도 멀었나 봅니다. 참으로 기이하고도 이상한 일입니다. 동네 아낙네들이 우물가 빨래터에 모이기만 하면 빨래할 생각은 않고 넋을 잃고 말들 합니다.

"소문 못 들었수? 아 글쎄, 세상에 희한한 일도 다 있지."

"옹좌수네 이야기 말이구랴."

"물론이지요. 요즈음 그 집 일 아니고는 화제가 궁할판이지 뭐유."

"글쎄, 어쩌면 한꺼번에 열 쌍둥이를 낳는담. 새끼 잘 낳는 개나 돼지라도 그렇지는 못할 거야."

"그게 어디 사람의 짓이유? 그 댁도 이젠 끝장이요, 망신살이 뻗쳐도 분수가 있지, 몇 달만큼 한차례씩 그런 변괴가 생기고서야 버티어 갈 쟁비 있답디까?"

"예삿일이 아니요. 묏자리 잘못 쓴 산화(山禍)를 이제야 당하는거유."

"그건 산화가 아니요. 조상 탓이 아니라요. 옹좌수가 하도 극성을 부리고 심술을 피우더니 결국 그 지경이 되고마는 거지 뭐예요."

"그나저나 그걸 다 길러 내려면 얼마나 기가 찰까. 첫째로 젖이 부족해서 어떻게 한다지요?"

"처음에는 젖동냥을 다니다가 양에 차지 않으니까 암죽을 쑤어 먹이더라는군요."

"갓난 것들이 암죽으로 무사히 자랄까요?"

"그래서 유모를 구한대요."

"유모도 갑자기 다섯이나 열씩을 어떻게 구하겠수?"

"천금을 걸구서 천하에 구한다니 나타날지도 몰라요."

"그 때까지가 문제지요. 그래서 소젖, 양젖, 돼지젖 까지를 구해 들인다는 소문이네요."

"개 젖, 고양이 젖, 새우 젖, 어리굴 젖은 안 구하는지 몰라요."

"호호호, 어린 걸 어리굴젓을 먹이면 되겠수?"

"젖두 걱정이지만 그 많은 기저귀 빨래를 누가 하는지 모르겠어요."

"그야 뭐 식모, 찬모, 침모에 하인들이 많으니까 할 수도 있겠지만, 일일이 말리우는게 큰일일거요."

"무사히 자라기는 다 틀린 것 같아요."

"무사히 자란다고 합시다. 열명이나 되는 아들이 저마다 써대면 제 아무리 부자라도 기둥 뿌리가 빠질 노릇이지요."

"그래도 그댁 안잠자기 춘단이 말을 들어 보면 산모는 열 자식이 고루고루 다 이뻐서 죽고 못 산다지 않겠어요?"

"경험이 없어서 모르지만 그건 그럴는지도 몰라요. 병신 자식이 더 이쁘다지 않우?"

"병신이 왜 병신이요? 열 아이가 구슬처럼 또릿또릿하구 좁쌀 먹은 병아리 모양 또랑또랑하대요."

동네 부인네들은 가서 보고 온 것처럼 영절스럽게 호들갑을 떨며 이런저런 이야기에 의견이 많습니다. 남의 말 좋아한다고 조용하던 마을이 온통 뒤집힐 지경으로 시끄럽습니다. 또 어떤 부인은 별 걱정도 다 상상하고 너스레를 떱니다.
"그것들이 한꺼번에 울어댈 때는 가관일 거요. 장마철 논두렁의 맹꽁이 합창 같지 않겠소?"
모두가 기가 차기도 하고 신기하기도 하다며 웃음이 터졌습니다.
"호호호."
"우리, 일 다 끝나거든 다 같이 구경 가 봅시다."
"좋아요, 갑시다."
"빨래 후딱 해치우구서……."
구경거리에 신이 났는지 모두가 빨리하느라 방망이 소리가 요란스럽습니다.

김별감 거처 앞에서 울먹이며 애원하는, 진짜 옹고집의 모습은 초라하다 못해 처량하고 불쌍하기까지 합니다.
"김별감 친구지간에 이건 정말 너무하네그려."
"이놈 가짜야, 아직도 입을 닥치지 못해? 나는 가짜놈 하고 허교를 할 사람이 아니야."
"여보게 내 말 잠깐만 들어, 옛말에 아내는 몰라도 친구는 알아본다구했네. 어머니도 처도 며느리까지가 나를 몰라두 자네만은 알아줄줄 알았어, 그런데 이게 웬 말인가. 자네도 내가 진짜인줄 모른단 말인가 야속하구 원통하이."
"그런 넋두리 푸념일랑은 아무도 없는 곳을 찾아가서 혼자서나 지껄여. 씨도 안먹는 수작을 하고 다니면 정말 그냥 돌려보내지 않을테야."

이 말을 들은 옹고집은 주먹만한 눈물을 뚝뚝 떨어뜨리며 어깨에 힘이 다 빠졌는지 흐느적거리면서,

"자네까지가 끝내 그럴 양이면 난 이제 실낱같은 마지막 희망까지도 끊어진 셈이야. 이렇게 된 바에는 욕스러운 세상 앞으로 더 살아보면 무얼하겠나. 난 이제 그만 죽기로 작정했네."

"죽거나 살거나 그건 제 말이야, 내가 알일이 아니지, 꼴도 보기싫으니 눈앞에서 썩 사라져라."

"지금까지는 사람이 살아가는데만 재물이 소용되는 줄 알았는데 죽는데도 돈이 필요한 줄을 깨달았네. 비상을 먹을래도 약을 살 돈이 없구, 칼로 죽어보려 하나 그것도 장만할 돈이 없어, 내 몸에 남아 있는 거라구는 배고플 때마다 점심 삼아 저녁 삼아 졸라매던 이 허리띠 뿐이야. 이 길로 깊은 산중을 찾아 들어가 나뭇가지에 목을 매달아 죽을 결심이니 그리 알어."

"아따 그놈 말도 많네, 네 놈이 죽든 말든 그게 나하고 무슨 상관이니? 너 같은 인종지말은 죽는대도 불쌍히 여길 사람 씨도 없다. 당장 죽어버려."

"인심 한번 야박하군. 그래, 죽으마. 남은 세상 부디부디 잘 살게. 우리 저승가서나 다시 만나보세. 잘 있어."

대문간에서 애걸하다시피 조르다가 돌아서는 옹고집을 보며,

"에이 재수 없다. 애들아, 소금 한 줌 내다가 대문밖에 뿌려라. 부정 탈라."

"예."

바람소리가 유난히 스산하게 들리는 데 목이 메어 말을 잊지 못해,

"아이구 내 팔자야. 모처럼 세상에 태아났다가 이렇게 죽을 줄 뉘 알았소. 청운 같은 내 집에 풍성한 재물과 정다운 처자 존속을 남겨 두고 이렇게 죽어야 하다니, 마지막으로 내 식구 한번만이라도 보고 싶구나. 하늘도 무심하고 귀신도 야속하다. 어머니 불효자식 용서하시고 오래오래 사십시오. 여보, 곱돌아, 며늘아, 제발 너희들이나 복락을 누리면서 잘 살아다오. 이 못난 애비를 원망이나 말고, 에그 봄바람 가을비에 빌어먹고 다니느라고 목까지 이렇게 가늘어졌구나. 매달자니 애처롭구나, 그러나 하는 수 없지. 더 살아서는 무얼해. 나무 관세음보살……."

목이 메어 말을 더는 잇지 못하면서 울음반 서러움반 범벅이 되어 독백처럼 뇌까리고 있는데 느닷없이 어디선가 들려오는 학도사의 음성,

"하하하…… 후회를 한들 무슨 소용인가. 저 자신이 저지른 일로 해서 벌을 받는 터인즉 누구를 원망하며 무엇을 한

탄할까, 죽어서 마땅하지…… 하하하."
"예? 당, 당신은 누구시오?"
"나? 나는 월출봉 취암사에 몸을 의탁하고 있는 학도사."
 허공중 어디선가 흔들리며 들려오는 너무나 영절스러운 소리에 정신을 가다듬으며 애원하듯 사정하듯,
"아, 학도사님 날 좀 도와주십시오. 이 놈이 지은 죄로 말하면 천만번 죽더라도 아까울게 없소이다마는 제발 덕분에 한번만 살펴 주시오. 앓아 누워계신 어머님과 처자 식솔 마지막으로 한 번 보게만 해 주시오. 그런 연후에는 죽더라도 한이 없이 죽겠습니다. 네? 학도사님."
 추상같은 불호령이 땅을 가르는 것처럼 쩡하게 들려옵니다.
"천지간에 둘도 없는 몹쓸놈아, 이제도 80이 넘은 늙고 병든 모친을 냉돌방에서 구박할까?"
"아, 아닙니다. 절대로 그러지 않겠습니다."
"앞으로도 신불을 능멸하며 박대할까?"
"결단코 그런 일 없을 겁니다. 두고 보십시오."
"너 같이 무도한 놈은 당장 죽여서 본보기를 삼을 것이로되 신세가 하도 가엾고 불쌍해서 집으로 돌려보내는 것이니, 돌아가거든 지난 날의 모든 잘못을 뉘우치고 허물을 회개해서 마음을 곧게 먹고 행실을 바로 잡아 올바른 인간이 되어 남에게 베풀면서 착하게 살아가라."

"네? 집으로 돌려 보내 주시는 겁니까?"

"가라 하는 내 말이 안들리느냐. 어서 일어나 돌아가라."

"하지만 돌아가고 싶은 마음이야 굴뚝 같으나 집에는 가짜가 도사리구 앉아서 제가 나타나기만 하면 또 욕을 보일 게 분명한데 어떻게 돌아가랍니까."

"이 부적 한장을 네게 주는 것이니, 이것을 몸에 지니고 돌아가면 신묘한 일이 나타날 것이다."

꿈인지 생시인지 도무지 무슨 영문인지 모르게 어떨결에 고마움에 눈물이 비오듯 합니다.

"감사합니다. 학도사님……어? 이이가 어딜 갔어? 금세 여기 서 있던 분이 연기처럼 사라져 버렸담. 신기한 일 다 보네. 하지만 부적은 내 손에 있으니 이걸 가지구 돌아가서…… 하하하, 가자 빨리 가자. 하마터면 죽을 뻔하지 않았냐구 하하하."

이젠 무서울게 없을 것 같습니다. 천하에 내가 내집에 가는게 두렵지 않고 어서 빨리 가야합니다. 걸음아, 날 살려라.

"하하하 돌쇠야, 뭉치야, 깡쇠야, 춘단아 그 사이 잘들 있었느냐. 내가 왔다. 나 돌아왔네 여보 마누라. 그동안 안녕하고 무사한가…… 이놈 가짜야 썩 나오너라, 진짜가 왔다."

"에그머니나 세상에 저 가짜놈이 또 나타나 가지구 큰소리를 치네. 여보 영감 저놈이 또 왔소. 좀 내다 봐요. 여보 왜 대답이 없으시우."

황급히 문을 열고 안을 들여다본 부인은 깜짝 놀라면서,

"에그머니나."

두리번거리며 한참이나 살피던 부인이 눈을 휘둥그래 가지고 하는 말이

"조금 전까지 계시던 분이 어디를 갔담. 사람은 간곳이 없구 볕짚 한단 만이 남아 있으니, 또 아이들은 다 어디를 갔담. 악마구리처럼 울어대던것이 보이질 않으니 애개개 아이들이 누웠던 자리에도 지푸라기 열줌이 놓여 있네."

아내 앞에 호기롭게 너털웃음을 웃어대는 옹고집이 고것 봐라는 듯이,

"하하하 마누라, 내가 그럴줄 알았지. 지금까지 지푸라기 허수아비 아들을 열 쌍둥이나 낳아 기르느라구 얼마나 수고했나. 허수아비 남편하구 재미있게 잘 살았어? 겸상으루 밥두 같이 먹었겠군."

부인은 부끄럽고 민망해서 어쩔줄 몰라하며,

"아이 몰라요."

"모르다니 무수히 고생하다가 돌아온 남편을 반가히 맞이할 생각은 않구서 다짜고짜 모른다구? 그런 인사가 어디 있어."

"여보, 이게 도대체 어찌된 일이요?"

"나두 잘 모르겠어. 그나저나 어 춥구 배고프다."

아리송하다. 꿈인가 생시인가, 꿈이라면 빨리 깨야지. 부인

은 잠에 취한 남편을 흔들어 깨우면서

"여보 이제 고만 일어나요. 무슨 낮잠을 그리두 오래 주무세요."

"우…… 음 춥고 배고프다."

"꿈을 꾸시나봐. 춥구 배고플게 당연하죠. 덮어드린 이불을 걷어 찼으니까 추울수 밖에 없구, 어두워지기까지 주무셨으니 시장두 하실거예요, 어서 정신 차리구 저녁 진지나 드셔요."

웬걸, 옹고집은 이제야 정신이 번쩍 나는지 후닥닥 털고 일어나면서,

"음? 내 잠을 잤나?"

"주무셨어요. 코를 드렁드렁 고시면서."

"흠―꿈이었구나."

"꿈이 었구나는 다 뭐유. 잠꼬대를 얼마나 하셨다구. 학대 사는 누구구 가짜니 진짜니 하는건 무엇이에요?"

꿈이였기에 망정이지, 자기의 엉덩이라도 꼬집어 보고 싶은 마음입니다. 자칫 큰일 날 뻔했지 않은가. 생각도 하기 싫은 일들이었습니다. 속으로 가슴을 쓸어내리면서,

"마누라는 그런거 몰라두 좋아. 남이 꿈 꾼 내용까지를 간섭할 필요는 없지 않아?"

행여나 그 끔찍한 일들을 아내가 알까봐 두렵기까지 한데 꼬치꼬치 물으니 말입니다.

"간섭이 아니라 그냥 여쭤본 것 뿐이에요."

"그럼 임자가 열 쌍둥이를 낳은것두 꿈이었단 말이지?"

"에그 원 망칙한 말씀두. 내가 무슨 아기를 낳아요? 다 늙은 사람이 주책없이."

"아—잘된 일이야. 꿈이었기 망정이지 하마트면 큰일 날 뻔하지 않았다구."

"아직두 잠이 덜 깨셨나보군요. 문을 열어 놓을테니 찬바람 쏘이고 정신좀 차리시우."

문을 홱 열어버립니다. 어디서 약 달이는 냄새가 코를 찌릅니다.

"어, 추워 바람 들어온다. 이거 무슨 냄새야. 약 달이는 냄새 같은데."

"구불촌 김별감 어른이 어머님께 달여 드리라구 약 한 제를 지어 보냈어요. 우리 돈 들인게 아니니 안심하시우."

옹좌수는 아니꼬운지 오만상을 찌푸리더니 한다는 소리가,

"남의 어머니 아픈데 손가락 자른다구 별 시큰둥한 녀석 다봐. 노환에 약은 무슨 약. 사람에겐 누구나가 한명이 있는 법이야. 죽을때 되면 죽어야지, 섣불리 약을 먹여서 살려두문 고생만 더 시키는 폭이 돼."

"그렇다구 손 싸매구 앉아서 돌아가실 때만 기다려서야 써요? 에그 말하기두 싫수. 야 춘단아, 진짓상이나 어서 올

려라."

"어렵쇼. 어머니 방에 불은 왜 켜놨어?"

"어머님이 갑갑해 하실까봐요."

"쓸데 없는 짓만 하구 있네. 노인네가 바느질을 하는가 글공부를 할건가 공연스레 기름만 닳는다구. 야 춘단아, 뜰 아랫방에 등잔불 꺼라. 송장이나 다름없는 노인이 밝으면 뭘 하구 어두운들 어쨌다는 거야, 냉큼 꺼."

이럴수가 있을까. 자기의 어머님을 이렇게 푸대접해도 괜찮다는 말입니까. 이런 고약스러운 아들이 이 세상에 또 다시 있을 수가 없습니다.

소년 옹고집

작은 사랑에서 아들부부가 마주 앉아 걱정을 하고 있습니다.

"서방님……."

"응?"

"날이 가구 달이 갈수록 아버님 극성이 점점 더 심해만 가시니 걱정이에요."

"그 어른, 타구난 성미가 그러신걸 어떡해?"

"그렇다구 단념하구만 지낼 거예요? 국으루 순종만 하는 게 효도는 아닐 거예요."

"그렇다구 자식된 도리에 아버지를 타이를 거야? 매를 들거야?"

"누가 그렇게 하시랬어요? 하지만 무슨 방도는 강구해야지 그냥 버려두었다가는, 인심만 잔뜩 잃어서 이 동네에서 살지도 못하구 쫓겨나기 쉬울거니까 알아서 하셔요."

"방도는 없어, 때를 기다릴 밖에."

"무슨 때를 기다리라는 거예요?"

"아버지가 올바른 정신을 되찾는 때……."

언제 올지 모르는 그때를 기다린다는 것도 기가찰 지경입니다. 도무지 아버지 마음이 올바른 쪽으로 돌아 올것 같은 기미가 보이지 않으니 한심한 일입니다.

"그때가 오기는 다 틀렸어요. 적선하는 집안에는 경사가 나구 적악하는 집안에는 재앙이 온댔어요. 아버지가 그러실 양이면 서방님이라두 적선을 많이 하셔야 해요."

"아버지 모르시게야 적선을 할 길이 있나. 색시는 동네 인심을 잃는다구 걱정이지만 동네는 커녕, 일가 친척……아니, 집안 식구들에게까지 미움을 받는 아버지고 보면, 내 힘으로야 어쩔 거야? 속수무책이지."

"정말루 큰 걱정이에요."

주고 받느니 걱정이요 근심거리입니다. 마음대로 재물을 풀어 적선할 수도, 아버지가 하루아침에 딴사람이 될리도 없으니 오고가는 말마다 시름이고 걱정이 태산같습니다. 그런데 느닷없이 춘단이가 다가오더니,

"서방님!"
"오, 춘단이냐? 왜 그러니?"
"큰사랑에서 불러 계시와요."
"아버지께서? 그래, 곧 나간다. 색시 내 곧 다녀들어 올게."
 갑자기 전갈을 받은 곱돌이는 왜 부르셨을까 궁리하며 큰사랑 아버지 방앞에 이르러,
"아버지, 부르셨습니까?"
"오냐, 게 좀 앉거라, 에헴, 다름이 아니구 너하구 의논 할 일이 좀 있어서 나오라구 했다."
 아주 은근히 의논성스럽게 말을 시작합니다. 이제나 저제나 좋은 일 같아서 가슴이 뛰기 시작입니다. 아내와 둘이서 걱정하던 근심이 풀리나 싶어서 눈을 크게 뜨고 귀를 기울이며,
"무슨 일인데요?"
"내가 그동안, 오래 두고 궁리한 끝에 결정을 내렸다."
"어떤 결정을요?"
 마음이 급해서 다가 앉으며 채근하듯 대답하니까? 눈을 지긋이 감은 아버지가 엄숙하게 타이르듯 말씀합니다.
"잠자쿠 들어…… 사람은 늙으면 죽게 마련이 아니니?"
"그야 그렇죠, 생, 노, 병, 사는 인간의 네가지 고통이라구 석가세존이 말씀하셨어요. 사람이 이 세상에 태어났으면 늙어서 병들어 죽는 것이 사실이니까요."

소년 옹고집 283

"이 녀석아 별안간 석가 여래가 왜 튀어나오니? 내 말은 그게 아니라 너희 할머니 말인데."

"할머니가 어쨌다는 거예요?"

"할머니두 오래지 않아 세상을 떠날 거란 말이다."

"오랠지 빠를지는, 모시기에 달렸구, 인명재천이라니 사람의 죽고 사는건 하늘에 매였어요. 우리 할머니두, 좋은 약을 써 드리구 지성껏 모시면 백살두 더 넘게 사실게 틀림없어요."

아버지 얼굴 표정이 달라지시더니 아들 곱돌이를 나무라듯이

"임마, 큰일날 소리 마라, 오래사는 것이 욕이다. 사람은 죽을 때가 되면 얼른 죽어야지, 할일 없이 오래 살면 그만큼 욕스러운 거야, 그래서 의논인데……."

"말씀하세요."

"긴병에 효자 없다지만, 내가 불효를 저지르려구 하는 말은 아니구…… 너, 고려장이란 말 아니?"

"알아요, 고구려때 늙고 병든 사람을 산에 내다버렸다는 이야기 말씀이지요?"

옹좌수는 아들보기가 계면쩍은듯 비굴한 웃음을 입가에 띠우면서,

"그래 알고 있었구나. 그게 얼른 보면 불효막심한 처사 같으나 다시 생각하면 일리가 있는 일이야. 오래 앓아 누워서

고생을 하게 하느니, 차라리 빨리 죽도록해서 고통을 덜어 주겠다는 갸특한 마음이지. 이른바 편히 돌아가시게 하는 거야."

"그래서요."

"그래서 너희 할머니 말인데, 나이는 벌써 80이 넘었고, 또 지금 앓는게 회복될 병환이 아니다."

"그러니 할머니를 고려장을 하시겠다는 거예요?"

"너는 반대냐?"

아들의 눈치를 살피시는 모양입니다.

"벌써 작정을 하셨다는데 반대를 해본들 무슨 소용이겠어요? 들어 주실 아버지도 아닌걸요."

"잘 생각했다. 바루 봤어, 기침을 할 때마다 그 괴로워하시는걸 차마 볼 수가 없어. 그리고 또, 네 어머니나 색시, 하인들까지가 병 치다꺼리 하느라구 애를 쓰는 것도 마음에 걸리고."

"알아 들었어요. 그러니까 저더러 할머니를 산중에 내다 버리고 오란 말씀이군요."

"하하하, 넌 눈치가 빨라서 좋아, 그 점이 마음에 들었어. 처음에는 심복 하인에게 그 일을 시킬까 하구도 생각해 봤지만 남의 이목도 있고, 또 소문이 나면 편치가 않으니까 특별히 네게 맡기려는 거다. 알겠니?"

"네."

"할머니 보고는, 약국에 데리고 간다고 속여서 지게에 실어 가지고 갖다가 버리고 오너라."

"분부대로 하겠습니다."

"헛간에 다 낡은 지게가 있지? 그걸 쓰되 다 헐어빠진 거니까 또 달리 소용될 곳이 없을 뿐더러 꼴도 보기가 싫으니 그 지게까지를 아예 산에다 버리고 오너라."

"그렇게 하지요."

"오냐, 너하고 의논하길 잘했다. 쥐도 새도 모르게 해치우는 거다. 좋은 일은 빠를수록에 좋은 법이다. 얼른 다녀온."

"갔다오겠습니다."

"부탁한다, 수고하겠다."

큰일을 부탁받고 할머니가 계신 곳으로 오니 쿨룩쿨룩 기침소리가 힘겹게 들립니다. 차마 다가가기가 마음이 아파옵니다. 그러나 미닫이 문을 열며,

"할머니 좀 어떠세요?"

"내야 밤낮 마찬가지지, 죽지 못해 사는 몸인데 어떨것이 뭐가 있겠니? 속담에 '앓느니 죽지'란 말이 있지만, 빨리 죽어지지도 않으니 탈이다."

가쁜 숨을 몰아 쉬시며 바튼 기침에 숨이 차하며,

"할머니 내가 붙들어 드릴 게 얼른 나와서 이 지게 위에 올라 앉으세요, 바람이 싸늘하니까 이불을 푹 쓴채 말이

에요."

"어딜 가자는거냐?"

"아버지 말씀이 약국엘 모시구 갔다 오라고 하셨어요."

"뭐? 오래 사니까 나중엔 별일을 다 보겠구나. 느 아버지가 날 약국에 데려 가랬다고?"

"그래요. 아버지 마음이 변하기 전에 얼른 가는게 좋겠어요."

"알았다. 가자 아이구구······."

"할머니 조심하세요."

"오냐······."

할머니를 등에 지고 바람부는 언덕을 몇번이나 올라오며 연신 기침을 멈추지 못하시는데 지게를 내려 버티면서,

"할머니 다 왔어요. 여기서 내리세요."

"약국에 데리고 간다더니 여기엔 왜 왔니? 이곳은 산속이 약국이냐?"

"아버지가 그렇게 하라구 하신걸요. 낸들 어떡해요."

"이제야 알았다. 그 몹쓸 놈이 나를 산에다 버리구 오라고 일렀구나."

"그래요."

"그렇다고 네가 나를 버려? 그 애비에 그 아들이구나, 한 바리에 실으문 조금도 기울지 않겠다."

"그렇지만 할머니 안심하고 계셔요, 곧 다시 모시러 올 거

니까요."

"거짓말 말아. 데릴러 온다면서 날 버리고 가? 곱돌아 제발 부탁이다. 차라리 날 죽이고 가거라. 살려두구는 못 가."

"틀림 없이 온다나까요, 여기는 굴속이라 바람은 막아 주겠지만 몸이 얼지 않도록 이불을 푹 쓰구 계셔야 해요."

"내다 버리는 놈이 얼것을 걱정해? 죽여라 죽여, 날 죽이고 가거라."

힘없이 울면서 매달리는 할머니를 뿌리치고 돌아서는 발걸음은 차마 떨어지지가 않습니다. 이윽고 집에 와서 기다리고 계시는 아버님께,

"다녀 왔습니다. 아버지."

"오냐, 추운데 애썼다. 내가 시키는대루 하고 왔을테지?"

"네."

문을 열고 아들을 보더니 이상한 눈으로 살피며

"아니 그 지게는 왜 도루 지고 왔니? 낡은 거라 산에 버리고 오랬는데."

"헛간 속에 잘 간수해 두려구요."

"인색하기가 나보다 한술 더 뜨는 놈이로군, 물건 아끼는 건 좋지만 아무 짝에두 쓸모가 없는 헌 지게는 왜 끌고 와? 공연히 자리만 잡지."

아버지보다 더 알뜰한 아들을 대견해 하면서도 버리고 오라는 지게를 챙겨가지고 온 뜻이 알고 싶어졌습니다.

"잘 간수해 뒀다가 한번 더 요긴히 쓰려구요."
"그걸 언제 뭣에다 써?"
"언제가 될지는 몰라두, 소용되는 곳이 꼭 한군데 있습니다."
"어디 말을 해봐라, 뭣에 소용이 되는지를."
"생각해 보세요. 아버지두 늙으실게 아닙니까."
"그야 삼천갑자 동방삭이가 아닌 담에야 늙기두 할 테지."
"늙어서 불치의 병이 걸리면 아버지도 고생을 하게 되겠지요? 그 고생을 덜어 드리기 위해선 할머니처럼 산에 내다 버려야 하거든요. 그때 이 지게를 한번 더 이용하구선 아예 버려 버리고 올래요."

섬뜩한 마음이 번쩍 듭니다. 이놈이 저런 끔찍한 생각을 하고 있었구나 싶더니 눈앞이 깜깜해졌습니다.

"무, 무엇이라구? 나를 버리겠다구?"

깜짝 놀라면서도 어깨에 힘이 한꺼번에 쫙 빠집니다. 하늘과 땅이 맞붙는 것 같다더니 이런 기분인것 같습니다. 세상에 이런 기가 찰 일이 있을까,

"음―곱돌아."
"네."
"너 수고롭지만 산에 또 한번 갔다 와야겠다."
"산에는 또 왜요?"
"할머니를 도로 모셔 와야 한다."

"아버지도 변덕이시네요. 내다버리라더니, 이번에는 또 모셔오라니."

"이번에는 나도 같이 가자. 앞서거라 할머니 계신 곳이 어디냐?"

"가봐도 소용없어요. 벌써 얼어서 돌아가셨는지 몰라요."

"그러니까 빨리 가야 한다. 이녀석아 뭘 꾸물거려? 자, 어서."

채근이 불같습니다. 꾸물거리고 있을 수가 없습니다. 나가면서,

"알았어요, 그럼 같이 가세요."

왜 이다지 걸음이 빨리 나가지 않는지 자꾸만 뒷걸음만 쳐집니다. 왜 바람은 이리도 세차게 부는지 꼭 어머니가 돌아가셨을 것만 같아서 조바심이 나면서 눈물이 저절로 주룩주룩, 목이 맵니다. 옹고집은 이제야 정신이 나는지 진정코 마음속으로 울어나오는 소리로,

"어머니…… 어머니……."

부르면서 산을 오르는 옹좌수와 곱돌의 발걸음은 가볍기까지 하며, 바람은 등을 밀어 어서어서 할머니 계신 곳으로 인도합니다.

조흔파

소설가. 평양에서 태어나다. 일본 센슈대학 법과 졸업. 국도신문사, 세계일보사, 한국경제신문사 논설위원과 공보실 공보국장, 공무원 사무처 공보국장, 중앙방송국장을 역임. 지은 책에《대하소설 한국인》《대하소설 만주》《소설 한국사》《소설 성서》《조흔파문학전집 8권》《얄개이야기 총20권》등이 있음.

조흔파얄개걸작시리즈 6
얄개·세상무쌍 옹고집
조흔파 지음
1판 1쇄 발행/2018. 5. 5
펴낸이 고정일
저작권 정명숙
펴낸곳 동서문화사
창업 1956. 12. 12. 등록 16-3799
서울 중구 다산로 12길 6(신당동 4층)
☎ 546-0331~6 Fax. 545-0331
www.dongsuhbook.com
∗
이 책의 출판권은 동서문화사가 소유합니다.
의장권 제호권 편집권은 저작권 법에 의해 보호를 받는 출판물이므로 무단전재와 무단복제를 금합니다.
사업자등록번호 211-87-75330
ISBN 978-89-497-1669-5 74800
ISBN 978-89-497-1663-3 (세트)